Schlafwandlers Wandel

Zum Buch:

Wir leben in einer Klimawandelwelt, wir sind längst Zeugen der Erderwärmung und des Artenschwunds. Für vier Jugendliche ist es höchste Zeit zum Handeln. Dort, wo sie sich auskennen, in ihrer Stadt. Dort, wo die Zauderer und Schlafwandler Entscheidungen vertagen.

Doch wie kann es ihnen und ihrem Ideengeber Willy Fleckenstein gelingen, die Stadtverwaltung unter Druck setzen? Sie wissen, eine halbgare Aktion ändert daran nichts, ihre Aktion muss ein Weckruf sein.

Die Suche führt sie mittenhinein in das eigene Leben. So kann nicht ausbleiben, nach einer Bürgerversammlung kommt es zwischen ihnen zu einer heftigen Debatte, zu einer Zerreißprobe.

Ein Jugendbuch! Wir brauchen die junge Generation mit ihrem Einfallsreichtum, wenn wir auf diesem Planeten nicht die Letzten unserer Art sein wollen.

Zum Autor:

Klaus Schäfer, lebt in Berlin. Chemiker, arbeitete in der Grundlagenforschung auf dem Gebiet strahlenchemischer Reaktionsmechanismen, wie auch in der Angewandten Forschung im Bereich Biowissenschaften.

KLAUS SCHÄFER

Schlafwandlers Wandel

Roman

Bibliografische Information der Deutschen Nationalbibliothek
Die Deutsche Nationalbibliothek verzeichnet diese Publikation
in der Deutschen Nationalbibliografie; detaillierte bibliografische
Daten sind im Internet über http://dnb.d-nb.de abrufbar.

Umschlagbild und -design: Fabian Anselm Orasch, Berlin

Satz, Herstellung und Verlag:
BoD – Books on Demand, Norderstedt
ISBN 978-3-7543-5654-8

Inhalt

Herausforderung

Großmutter: »Tja, Willy, vor 10 Jahren hätte ich zu dir gesagt: Klimapolitik ist Sache der Erwachsenen, darüber müsst ihr Jugendlichen euch nicht den Kopf zerbrechen! Heute denke ich, die Jungen sind entscheidend.«

Absicht

Die Leuchtzahlen der Apotheke zeigten 33 Grad Celsius. Mit einem Tritt in die Pedale setzte Willy sein Fahrrad in Richtung Schwimmbad in Bewegung. Er hatte sich dort mit seinen Freunden verabredet. Schon beim Näherkommen nahm er ein gleichmäßiges Stimmengewirr wahr, die Geräuschkulisse des Schwimmbads war wie immer! Aber nicht für Willy, etwas hatte sich geändert. Sie mussten etwas tun, nicht irgendwann, sondern jetzt.

Vor Kurzem hatte ihn sein Vetter Jan, der in einer Großstadt lebt, in einer betont coolen Art erklärt, so als ob es die unwichtigste Nebensächlichkeit der Welt wäre:

»Wir werden das Ding kaputtkriegen.«

Mit dem «Ding» meinte er nicht etwa ein altes Sofa, sondern unseren Planeten, die Erde, also unseren Lebensraum. Doch Jan wäre nicht Jan, wenn ihn in Wirklichkeit etwas tief beunruhigte, versteckte er seine Beunruhigung hinter einer gespielten Lässigkeit.

Als Willy meinte: »Lass hören, Alter, was gibts?«, sprudelte Jan los wie ein Sturzbach nach einem Gewitterregen: »Der Planet heizt sich auf. Und zwar durch uns! Wir missachten seine Grenzen. Wer glaubt, dies bliebe folgenlos, muss blind sein. Eigentlich braucht die Natur große Schutzräume, Lebensräume für Pflanzen und Tiere, doch sie werden nicht bewahrt, sondern durch Übernutzung, durch Raubbau zerstört.«

»Stop it!« Willy unterbrach Jans Redefluss, »du bist im TGV-Tempo, Bummelzug wäre mir ausnahmsweise lieber.«

»Sorry, ein alter Fehler von mir. Doch es ist doch logo: Ohne radikalen Wandel, ohne ein Umdenken kann unsere Ökosysteme mit den vielfältigen Lebensformen der Pflanzen- und Tierwelt nicht überleben, und ebenso wenig wir selbst.«

»Und was schlägst du vor?« Von Willy war das keineswegs nur so dahingesagt.

»Weiß ich es, aber glaube mir, einen Hoffnungsschimmer sehe ich in unserer Generation, sie macht Dampf! Warum sollten wir uns nicht einschalten? Am besten jeder in seinem Mikrokosmos, ganz im Sinne von Fridays For Future als Klimaaktivisten: Handeln! Und das umso mehr, es geht schon längst nicht mehr alleine um die Erderwärmung!«

Als Willy über Jans Botschaft nachdachte, war er sich sicher, noch vor einem Jahr hätte ihn der Alarm seines Vetters Jan nicht aufgerüttelt. Doch dann kam eine Meldung nach der anderen und veränderte seine Wahrnehmung. Die Wurzeln seines Sinneswandels lagen ohnehin tiefer. Sie hatten etwas mit ihm zu tun und mit etwas, was er vor seiner Haustür vorfand und was die Menschen gemeinhin als Natur bezeichnen. Und über sie, die ganz selbstverständlich da war, sollte er sich seinen Kopf zerbrechen? Es war sein Zuhause, Bebenhausen, eine Kleinstadt, sie lag in einem grünen Gürtel aus Wald, Wiesen und Äckern, in unmittelbarer Nähe zu einer Industrielandschaft.

Der nächste große Naturraum war für Willy der Wald. Dort zu sein, hatte ihn schon früher angetrieben. Und nach und nach hatte er begriffen, dass ein Kippen des Klimas verstärken würde, was bereits im Gange war. Dazu gehörte der zusehends kleiner werdende Lebensraum für die Pflanzen- und Tierwelt: Wo war er geblieben?

Was er im Biologieunterricht über das Artensterben hörte, hatte er mit eigenen Augen beobachtet. Mit seinem Fahrrad war er in Nullkommanichts raus aus seiner Stadt in einer Natur, die vor nicht allzu langer Zeit noch als intakt galt. Jedes Jahr im Frühjahr war er immer gespannt gewesen, wann die Frösche und die selteneren Molche, die er bereits als Erstklässler bei seinen Entdeckungstouren aufgespürt hatte, wieder da waren. Hinter der Stadt, am Beginn der Felder und Wiesen, musste er nur einen breiten Feldweg verlassen und einem Fuß-pfad, zwischen hohem Wiesengras folgen. In einer Senke stieß er auf ein dünnes Rinnsal, das wenig später in zwei still daliegende Tümpel mündete. Am meisten beeindruckten ihn die Feuersalamander. Wenn sie nach Insekten schnappten, wurden aus gemächlich sich bewegenden, schwarz-glänzenden, gelbfleckigen Tieren die flinksten Jäger. Ihnen hatte er stundenlang zugesehen. Doch plötzlich, vor Jahren, war ihr Schicksal besiegelt, die Feuersalamander und Molche waren verschwunden, es gab sie nicht entlang des Rinnsals und auch nicht mehr im und am Weiher. Damals war es eine einschneidende Erfahrung, die sich in sein Gedächtnis einprägte und die auch heute noch beim Zurückblicken lebendig wird. Dabei hatten Molche und Salamander ein viel älteres Anrecht, diesen Planeten zu bewohnen, als wir Menschen, die erdgeschichtliche Neulinge sind. Molche und Salamander gab es schon vor den Säugetieren und Vögeln, ja, sie waren schon vor den Dinosauriern da.

Sein Vater hatte ihm, als er aufgebracht nach Hause kam, versprochen, im Stadtrat sein ganzes Gewicht dafür einzusetzen, dass mehr kommunale Ackerflächen ohne Chemie bestellt und die Austrocknung der Feuchtgebiete gestoppt würde. Wir Menschen haben eine biologische Abwärtsspirale in Gang gesetzt, die auch etwas mit ihm zu tun hat, da machte er sich nichts vor. Die meisten Wege legte er zwar inzwischen mit dem Fahrrad zurück, und seine Mutter fragte ihn nicht mehr, wo sie ihn mit dem Auto hinbringen oder abholen könnte. Darauf hatte er beharrt.

»Irgendwo muss ich selbst anfangen«, war seine Begründung. Aber er schätzte, seine jährliche Klimabelastung lag weit über dem Wert von zwei Tonnen CO_2-Ausstoß, die der Weltklimarat der Vereinten Nationen für das Klima als verträglich erachtet.

Über die Ursachen für das Verschwinden der Wildtiere hatten sie in der Schule debattiert. Was seine Biologielehrerin, Frau Griffrat, zum Thema Artensterben glasklar gesagt hatte, ließ ihn aufhorchen:

»Für das vermehrte Aussterben der Wildtiere gibt es viele Gründe, aber wir Menschen sind fast immer beteiligt.« Wichtig sei, dass die Nahrungsketten nicht immer mehr Lücken bekämen. Ab welchem Moment bei ihm aus diesem faszinierenden und mehr und mehr beunruhigenden Thema Klimawandel und seinem Begleiter, dem Artensterben, mehr wurde als eine reine Kopfsache, wusste er nicht mehr. Vielleicht geschah es, als Frau Griffrat leise, wohl mehr zu sich selbst, hinzugefügt hatte:

»Das Wissen allein reicht nicht aus, um diese Katastrophe zu stoppen.« Wollte sie zum Ausdruck bringen, wir müssen etwas dagegen unternehmen? Doch verriet nicht bereits ihre zur Faust geballte Hand, mit der sie ihre Worte unterstrich, am deutlichsten die Antwort?

Dass er gerade in diesem Zusammenhang an Jule dachte, war neu. Ihre leuchtenden Augen passten zu ihrer ansteckenden Energie. Jule mit ihren drahtigen, lockigen Haaren, sie war nicht nur hübsch, ihre Einfälle waren einfach genial. Nicht nur, wenn sie über den Klimawandel sprach, sie hatte mehr Durchblick als viele Erwachsene. Deren ewiges Abwarten und ihre Nichtstun-Haltung hatte ihre Entschlossenheit richtig angeheizt. Wie Jan hatte gerade Jule ihn in letzter Zeit öfter angesprochen, und sich über sein Nichtstun gegen den Klimawandel gewundert. Dabei erschien ihm die Aussicht, wie sie zusammen nach einem Weg oder einer zündenden Idee suchen würden, verlockend. Ein Plan, wie sie vorgehen wollten, musste her. Und als Ideengeber traute er sich einiges zu. Schließlich, da war er sich sicher, dachten die Erwachsenen in ganz eigenen Bahnen.

Kam ihre Generation als Betroffene in ihrem Kalkül vor? Wir

dürfen nicht wählen und haben, wenn die Ökokatastrophe da ist, keine Wahl mehr. Natürlich wird der Klimawandel ihre Zukunft stärker prägen, es gibt einen Unterschied an Zukunft, aber das hatten die Erwachsenen nicht auf dem Schirm. Jedenfalls bisher nicht. Etwas musste geschehen. In ihrem ureigensten Interesse, sie durften nicht bloße Zuschauer sein.

Ein Anfang

Willy war jetzt vierzehn Jahre, also in seinem fünfzehnten Lebensjahr. Mit seinen braunen, freundlich blickenden Augen und seinem gutmütigen Jungengesicht wurde er bisweilen unterschätzt, was er mit einem gesunden Selbstbewusstsein problemlos wegsteckte. Generation Greta, doch etwas jünger als Greta, die er, damals als er von ihrem persönlichen »Schulstreik fürs Klima« erfuhr, für ihre Entschlossenheit und ihren Mut bewunderte. Ihre Haltung imponierte ihm! Was sie auf ihren Flugblättern schrieb:

»*Wir Kinder tun oft nicht das, was ihr Erwachsenen von uns verlangt. Aber wir ahmen euch nach. Und weil ihr Erwachsenen euch nicht für meine Zukunft interessiert, werde ich eure Regeln nicht beachten*«, fand er ultrakrass. Vielleicht mussten sie auch krass werden, wenn ihre Idee nicht ins Leere laufen sollte. Jule, die ein Jahr älter war als er, erinnerte ihn an Greta. War sie nicht auch eine «Klimaradikale», wie sich Greta bezeichnete? Erst kürzlich war er geplättet, wie schonungslos Jule auf Frau Griffrat reagiert hatte. Das Ganze fing mit einer harmlosen Frage an:

»Frau Griffrat, was tun Sie selbst gegen die Klimakrise?«, wollte Jule wissen. Als diese unumwunden erklärte, ihr fehle die Zeit, um bei einer Umweltorganisation mitzumachen, da hatte Jule Frau Griffrat hammerhart vorgeworfen, sie wäre mit

Schuld am Verschwinden der Arten. Frau Griffrat meinte, das müsse sie wohl so stehenlassen. In der großen Pause warf Jules beste Freundin ihr vor:

»Du bist ungerecht, und was machen wir?«

»Du wirst schon sehen!«, hatte Jule nur geantwortet.

Ideen sind gefragt

An der Kasse des Schwimmbads, für sie war es ihr «Spucki«, herrschte wie jeden Tag großes Gedränge, aber dank seiner Jahreskarte war die Schlange keine wirkliche Hürde für Willy. Zielbewusst steuerte er ihre Ecke an, etwas abseits vom großen Schwimmbecken. Dort gab es nicht nur den Schatten einer mächtigen Eiche, sondern das pausenlose Getöse, das in der Nähe des Schwimmbeckens einfach dazu gehörte wie das Wasser, war hier nur noch als Hintergrundrauschen vernehmbar. Schließlich sollten sie heute richtig zur Sache kommen. Schon von Weitem sah Willy Marko, seinen Klassenkameraden.

»Marko los! Lass uns ins Wasser, ich brauche eine Abkühlung«.

Doch der winkte ab: »Geht nicht, ich kann nicht ins Wasser!«

»Was ist los mit dir, Dickbauch vom Mittagessen?« Ein Dickbauch wäre einer wundersamen Verwandlung gleichgekommen, denn Marko glich von Jahr zu Jahr mehr einer in die Höhe geschossenen Bohnenstange.

Marko seufzte. »Geht nicht« und deutete dabei auf seinen Oberschenkel.

Willy sah nun die Binde und fragte nach dem Problem.

»Mist«, fluchte Marko und erklärte genervt: »Ich habe ein Ekzem, das juckt und ist entzündet.«

Damit war Willys pharmazeutische Wissbegierde geweckt: »Und, was hast du für eine Salbe genommen?«

»Keine Salbe, eine violette Flüssigkeit, sie wirkt schon, es juckt nicht mehr so.«

»Violette Flüssigkeit«, wiederholte Willy fragend. Doch seine Frage war jetzt nebensächlich, denn Jule und Daniel erschienen auf der Bildfläche. Das Quartett war nun vollständig. Inspiriert von Willy und Jule war auch bei Daniel und Marko der Entschluss gereift, es geschätzten Vorbildern gleichzutun. Was Greta und die Klimabewegung den abwartenden Entscheidern an politischen Schalthebeln mitteilte, war genau das, was sie bewegte, ihre schonungslose Sprache tat ein Übriges.

Sie hockten alle auf ihren Badetüchern, die begehrtesten Plätze waren im Blätterschatten einer Eiche. Etwas entfernt dudelten aus einem Radio die neuen Sommerhits. Es war ein heißer Augusttag. Verlockend, einfach die Beine von sich zu strecken und in die Sonne zu blinzeln. Doch deshalb waren sie heute nicht zusammengekommen. Willy sah Jule an, er wollte wissen was sie glauben, was in ihrer Stadt geschehen müsse, um klimaneutral zu werden. Auf seine Frage antwortete Jule:

»Dass der Klimawandel auch im eigenen Ort, also unmittelbar hier, verursacht wird und bekämpft werden muss, kommt niemandem in den Sinn, jedenfalls sieht es so aus. Seht ihr in der Stadt oder in der Umgebung, außer auf wenigen Hausdächern, irgendwo etwas was nach Stromerzeugung mit Wind oder Sonne aussieht? Dabei spielt die Stadt beim Kampf gegen den Klimawandel eine entscheidende Rolle. Am besten fangen wir bei null an. Marko, du erinnerst Dich, du hast bei Frau Griffrat die Sache mit der Erderwärmung, den Treibhausgas-Emissionen und der Klimakrise in deinem Referat abgespult, leg los!«

Jule warf Marko einen fordernden Blick zu. Aber der blickte sie nur stumm an, ihr Ton schmeckte ihm nicht. Von seinem Vater kam er ihm bekannt vor. Aber zu Jule, die eine natürliche Ungezwungenheit ausstrahlte, passte er einfach nicht. Er war

15

nicht gewillt, den Befehlston zu überhören, wobei er gegen die ihm zugedachte Rolle nichts einzuwenden hatte. Noch zögerte er, als Daniel, ein großes Fußballtalent, ihn in die Seite knuffte. Er nickte nun, grinste breit und stellte sich hin, als ob er vor der Klasse im Biologieunterricht stünde:

»Klaaro, das werde ich mal kurz aufrollen, mit einem Satz lässt sich der Zusammenhang erklären. Ohne Nutzung unterirdischer Energiereserven, sprich ohne Verbrennung von Kohle, Öl, Kraftstoffen und Gas, kein Anstieg von Treibhausgasen in der Atmosphäre. Ohne Klimakiller Nummer 1, also ohne Kohlendioxid aus dem Auto, den Schornsteinen von Häusern und Kraftwerken, kein Anstieg der Erderwärmung. Und der Anstieg der Treibhausgase in der Atmosphäre wirkt sich überall aus, deshalb gibt es die Erderwärmung in Alaska ebenso wie in Seattle und in Bebenhausen.«

»Genau«, stimmte Jule zu, »weil der Klimawandel und die Erderwärmung überall auf der Welt zu spüren sind, wehren sich Menschen überall auf der Welt.«

Hier stieg nun Daniel ein: »Hallo, ja, die Natur selbst reagiert immer heftiger. Unsere Bauern haben wegen der Trockenheit nicht genug Heu geerntet. Aber sie sind nicht allein. Was glaubt ihr, wie mir die Hitze auf den Geist geht. Auf Fußballtraining hast du keinen Bock, wenn es abends um neun 30 Grad sind.« Daniel schien einen Filter in sich zu haben, der abglich, ob sich etwas mit Fußball vereinbaren ließe. Allerdings funktionierte die Filterfunktion bei leiblichen Genüssen nur begrenzt, da Daniel genoss, was der Tisch und sonstige Gelegenheiten hergaben. Doch sein Aussehen und seine körperliche Beweglichkeit, wie auch sein Durchhaltevermögen, schienen dadurch nicht im Geringsten berührt zu werden.

Willy wollte sich nicht länger zurückhalten, er sah sich in seinem Element, es entsprach seinem umtriebigen Naturell. Waren sie nicht bereits einer Meinung, dass sie zusammen etwas unternehmen mussten? Den Entschluss, hier in Bebenhausen gegen die Klimakrise aktiv zu werden, sollten sie nicht aufschieben. Er sah jetzt einen nach dem anderen an und fragte ungeduldig:

»Die Erde erwärmt sich überall, auch hier. In unserer Stadt ist es verdammt ruhig. Das muss sich ändern. Reden reicht nicht! Was können wir tun damit unsere Stadtverwaltung, die Erwachsenen, endlich handeln?«

Daniel nickte, seine Blicke blieben an zwei Federballspielerinnen hängen, und in Gedanken war er schon bei seinem Fußballtraining. »Findet ihr auch, dass eine Abkühlung guttäte? Wer kommt mit ins Wasser? Bevor ich vor Hitze verschmachte, muss ich noch drei Bahnen ziehen«, unterbrach er Willys Gedankengänge und sprang auf.

Willy rollte mit den Augen, da Daniel seine Pläne durchkreuzte, aber er verstand ihn natürlich, irgendwie zumindest. »Du Ärmster! Ich bin nach der Schule gleich los, langsam ist mein Kopf so leer wie mein Bauch. Drei Köpper mach ich noch mit. So viel weiß ich jedenfalls, damit sich etwas ändert, müssen wir die Erwachsenen aus ihrem Tiefschlaf holen. Wer dazu eine Idee hat, macht eine Ansage.« Damit sprang auch er auf. Mit diesem Vorschlag von Willy schienen alle einverstanden zu sein, auch weil ihnen im Moment nichts Besseres einfiel. Nur Marko wirkte mürrisch, er musste zusehen, wie die anderen lostobten.

Kristalle und Flüssigkeiten

Auf der Heimfahrt mit dem Fahrrad grübelte Willy über ihr Vorhaben. Viel hatte sich bei ihrem Treffen im «Spucki» nicht ergeben. Noch hatte er selbst keinen Plan. Das riecht nach Kopfstand bei Gegenwind, was wir da versuchen zu erreichen.

»Pass doch auf, du Blindgänger!« Laut klingelnd schrie ihn ein Radfahrer an, dem er gefährlich nahegekommen war. Als er sich seinem Elternhaus näherte, fiel ihm wieder ein, dass er, ohne auf seine Mutter zu warten, das Haus verlassen hatte. Und richtig, kaum hatte er mit einem leicht unguten Gefühl die Wohnungstür geöffnet, empfing ihn seine Mutter mit ungewohnt strenger Miene und wies ihn zurecht. Wie er darauf käme, ohne Mittagessen, nur mit einer Nachricht: »Letzte Stunde fiel aus, ich bin im Schwimmbad«, loszugehen. Dank seiner Einsicht, nicht richtig gehandelt zu haben, zuckte er entschuldigend mit den Schultern und murmelte:

»Kommt nicht mehr vor, aber ich habe einen Bärenhunger.«

»Geh runter und sprich mit deinem Vater, sobald er fertig ist, gibt es Abendessen«, war die versöhnliche Antwort. In der Apotheke saß sein Vater über seinem pharmazeutischen Rezeptbuch, in dem akribisch festgehalten war, welche und in welchem Verhältnis bestimmte Wirkstoffe für pflanzliche Zubereitungen gemischt werden mussten. Willy wusste, in diesem Moment eine Frage zu stellen, war nicht gut. Aber offensichtlich war sein Vater ohnehin gerade fertig. Er klappte sein Buch zu, gab Willy einen leichten Puff und meinte:

»Du Ausreißer, deine Mutter hat dir bestimmt schon die Leviten gelesen.« Erleichtert und froh, dass keine väterliche Moralpredigt seinen knurrenden Magen länger schmachten ließ, ging er mit seinem Vater nach oben in die Wohnung. Seine Mutter hatte den Tisch bereits gedeckt, drei Teller und Gedecke lagen bereit. Anders als Jule und Daniel hatte er keine Geschwister.

Noch immer war es warm, die im Schatten des Gartens liegenden Fenster waren weit geöffnet, ein leichter Wind hatte eingesetzt und verschaffte eine erste leichte Abkühlung des Tages. Am Abend war die beste Gelegenheit, mit Fragen rauszurücken. Marko hatte im Schwimmbad von einer violetten

Flüssigkeit gesprochen. Bestimmt wusste sein Vater, welche violette Flüssigkeit bei einer Entzündung infrage käme. Sein Vater schmunzelte:

»Es ist schon ein bisschen her. Dein Chemiebaukasten war damals für dich das Größte. Du hast aus den verschiedenen Mineralsalzen begeistert Farblösungen hergestellt, auch diese violette Flüssigkeit. Vielleicht fällt es dir wieder ein, denn wir hatten sicherheitshalber Schutzhandschuhe an, bevor wir diese mineralischen Kristalle im Wasser auflösten.«

In Willys Kopf fing es an zu arbeiten. Eine violette Flüssigkeit, was könnte das sein? Waren es die Kristalle in dem kleinen roten Döschen, aus denen beim Auflösen rote bis tiefviolette Flüssigkeiten entstanden? Ja, langsam dämmerte es ihm, doch der Name für die Kristalle fiel ihm nicht ein. Er zog fragend seine Schultern hoch: »Du musst nachhelfen.« Sein Vater schaute ihn abwartend an. »Ich erinnere mich, wir hatten mit nur wenigen Kristallen das ganze Wasser in der Badewanne rot gefärbt, und du, Mama warst nicht begeistert, weil die rote Farbe sich gar nicht so leicht abwischen ließ.«

»Allerdings, gerade diese Kristalle hatten es dir angetan, nicht nur einmal war die Badewanne gefärbt. »Dort«, bemerkte seine Mutter lachend, »war es mir lieber als auf dem Fußboden.«

»Ich habe es«, frohlockte Willy, »das Mineralsalz enthält Kalium und Mangan.«

»Richtig, es war Kaliumpermanganat. Wie kommst du gerade auf diese Frage?«, wunderte sich sein Vater. Als Willy Markos Entzündung erwähnte, fühlte sich Willys Vater in seiner Überzeugung bestätigt, da wächst doch ein Interesse, das er bei sich auch bemerkt hatte, als er etwa so alt war wie Willy. Doch der ahnte in dem Moment nicht, dass diese Kristalle für ihn und seine Mitstreiter noch eine Rolle spielen sollten.

Die Ausgangslage: Sackgasse

Als Willy sich an den Tisch setzte, um zu frühstücken, lag auf dem Frühstückstisch noch die aufgeschlagene Kreiszeitung Bebenhausen. Der Ferienbeginn war greifbar nahe, heute war der letzte Schultag vor den Sommerferien. Sein Blick fiel auf ein Foto. War das nicht ihr Schwimmbad? Das Schwimmbecken war nur teilweise abgebildet, vor allem Dachflächen waren zu sehen. Als Unterschrift las er:

»Ein eingeschossiges Gebäude mit viel Fläche für die Umwandlung von Sonnenlicht in Wärme. Eine überfällige Investition wird vertagt. Der Finanzausschuss lehnt die Freigabe der Gelder für das Wärmenetz ab.« Die Angaben, die in dem ausführlichen Text dazu gemacht wurden, waren eine Auflistung über den Verbrauch von Energie und die Emission von Treibhausgasen. Unmissverständlich ging daraus hervor: Für die Erzeugung des Warmwassers, vor allem im Winter, wenn das Hallenbad geöffnet war, wurde viel Öl für die Heizung und das Warmwasser verbrannt. Jetzt war er hellwach und ganz in die Sache versunken. Willy bemerkte nicht, dass seine Mutter kopfschüttelnd hinter ihm stand.

»Willkommen bei den Zeitungslesern! Vergiss dein Frühstück nicht!« Automatisch schob er die Zeitung von sich, sollte doch zum jetzigen Zeitpunkt niemand in ihre Pläne eingeweiht werden. Doch so sehr er sich auch mit ihrem «Spucki» verbunden fühlte, schwarz auf weiß war belegt: das Schwimmbad der Gemeinde war ein richtiger Luftverpester, vielleicht sogar ein richtig großer. Nun war ihm auch klar, warum sein Vater beim Verlassen der Wohnung gesagt hatte:

»Ich bin am Ende mit meinem Latein, das Wärmenetz der Stadt scheint endgültig vom Tisch zu sein!« Das mussten seine Mitstreiter erfahren. Auf dem Weg zur Schule simste er Jule,

Daniel und Marko: »Super wichtig, Treffen im Schulhof nach der letzten Stunde.«

Willy konnte kaum erwarten bis endlich die Schulstunde zu Ende war und alle aus dem Klassenzimmer stürmten. Natürlich waren die drei gespannt, was er Wichtiges zu berichten hatte. Die Kreiszeitung hatte keiner gelesen. »Ohne das Foto hätte ich es auch nicht getan, diese Information wäre unter meinem Radar geblieben. Glückliche Fügung«, gestand Willy. Zweifellos, was er ihnen zu berichten hatte, war nicht von Pappe:

Nicht irgendeine Stadt, nein, ihre Stadt hatte sich gegen einen Beitrag zum Klimaschutz entschieden. Ihr Schwimmbad war ein ausgemachter Übeltäter! Diese Nachricht schlug ein. Sie hatten weggeschaut, nicht im Ansatz daran gedacht, dass ausgerechnet ihr «Spucki«, ihr Lieblingstreff, ein Ort war, der nach Veränderung schrie. Und das Rathaus machte auf stur.

Dagegen zu rebellieren, war keine Frage. Schien Klimapolitik gerade in ihrer Stadt eine Nebensache zu sein? Dass sie sich just zu diesem Zeitpunkt zusammengeschlossen hatten, war eher zufällig, wie so manches, was sich später als glücklicher Zufall erwies. Mit einem Protestaufruf war es nicht getan, es musste radikaler sein. Sie müssten etwas lostreten, war ihre übereinstimmende Meinung. Doch wie? Noch fehlte ein Plan! Zunächst beschäftigte das Quartett – feierlich nannten sie sich «Klima-Quartett« – vor allem die Frage, wie kommen wir in den Schulferien weiter. Willy fuhr gleich morgen zu seinen Großeltern in den Südschwarzwald, in ein Reinluftgebiet, wie auf Werbetafeln stand, vielleicht konnte man dort besonders gute Ideen entwickeln. Doch was war mit den anderen? Jule war erleichtert, dass ihre Eltern ihr zum ersten Mal zugestanden hatten, die Ferien nicht gemeinsam mit ihnen zu verbringen. Daniel und Marko blieben, zunächst jedenfalls, ebenfalls zu Hause. Nun war Daniel gefragt. Er wollte seiner Mutter, die als

Energieberaterin bei einem Ingenieurbüro für Umweltplanung arbeitete, weitere Informationen entlocken. Das Schwimmbad der größte Luftverpester der Stadt, aber wie sah es mit dem Rathaus und mit der Schule aus? Seine Mutter auszuforschen war sicherlich nicht einfach, denn er hatte das Gefühl, über den Energieverbrauch anderer in der Stadt sprach sie nicht gerne.

Von Bebenhausen nach Lenzkirch

Im Zug döste Willy noch etwas müde vor sich hin. In circa zwei Stunden würde ihn sein Großvater am Bahnhof in Lenzkirch abholen. Es war eine gute Gelegenheit, über alles Mögliche nachzudenken. Immerhin, ihr Klima-Quartett stand. Ehrlicherweise, ohne Jule hätten sie die notwendige Power nicht draufgehabt, eindeutig, sie ist in Wirklichkeit die Hauptperson, die Treiberin des Klima-Quartetts. Dennoch, die Fäden sollten bei ihm zusammenlaufen. Während Willy seine Brote inspizierte, nicht lange zögerte und bald seinen knurrenden Magen zum Verstummen brachte, flog die Landschaft an ihm vorüber. Es gehörte nicht viel Vorstellungskraft dazu, alleine der Blick aus dem Fenster zeigte ihm bereits im Vorübergleiten, dass sich seine vertraute Welt, das gewohnte Bild, vor allem das des Waldes, ändern würde. Zwar war dies in den vergangenen zweihundert Jahren schon zweimal geschehen, also vor seiner Zeit. Jetzt aber hautnah unmittelbar vor seinen Augen.

»Wir leben«, wie sein Großvater sich ausdrückte, »in der Zeit des dritten Waldsterbens. Die Zeit vor der eigenen Zeit erscheint uns weit weg. Vielleicht kannst du es dir nicht vorstellen, doch in der vorindustriellen Zeit war Holz ein universeller Rohstoff, der wichtigste überhaupt, das Erdöl dieser Zeit.«

Die Worte seines Großvaters hatten bei ihm schon oft Bilder entstehen lassen. So sehr er sich jedoch bemühte, die Häuser, die er in der Phase des Entstehens vor sich sah, hatten höchstens ein helles Dachgebälk aus Holz, mehr kam nicht vor. Dass Holz für seinen Großvater in seinen Schilderungen nicht zufällig ein Thema war, war ihm klar. Es hatte in seiner Familie in der Vergangenheit eine große Rolle gespielt. Doch so viel Willy wusste, keine rühmliche.

Dass es eine «Welt-vor-der-seinen» gab, das, was Willy davon von seinem Großvater erfuhr, hatte ihn immer wieder in Erstaunen versetzt, aber noch vor einem Jahr klangen die Details wie Nachrichten aus einer fernen Welt. Sein Großvater hatte allgemein von «Holz» gesprochen. Und an dieser Stelle kamen seine Vorfahren ins Spiel. Woran die Menschen damals vor allem dachten, war die in Holz gespeicherte Energie zu nutzen, sie machten aus Holz Holzkohle. Holzkohle brennt sehr heiß und wurde deshalb zum Verhütten von Eisenerz und Edelmetallen und für die Schmelzen der Glasmacher gebraucht und war daher wichtig für Köhler als Lieferanten für Erz- und Glashütten. Von seinem Großvater wusste er, dass seine Vorfahren hier lebten und Waldbauern und Köhler waren. Bevorzugt benutzten sie Holzkohle von Buchen, da sie eine hohe Brenntemperatur entwickelt und deshalb beim Verhütten der Erze eingesetzt wurde. Das blieb nicht folgenlos, der ehemals mit Buchen und Tannen bestandene Schwarzwald veränderte sich zwangsläufig. Ohne ihren Eingriff sähe die Landschaft heute anders aus. Doch nicht nur die Vielfalt verringerte sich. Durch den exzessiven Holzbedarf für den Grubenausbau sowie für Schmelzprozesse wurde die ohnehin fortschreitende Rodung der Wälder zusätzlich beschleunigt. Holz war das Baumaterial schlechthin. In den Niederlanden entwickelte sich ein beispielloser wirtschaftlicher Aufschwung, der einen Bauboom auslöste. Die Auswirkungen waren auch im Schwarzwald mehr und mehr sichtbar geworden. Je mehr der Holzexport nach Holland anhielt, umso kahler wurden die Schwarzwaldhänge.

Diese Phase dauerte nur wenige Jahrzehnte an. Zu Beginn des 19. Jahrhunderts war der größte Teil der Wälder durch den Raubbau vernichtet, ohne dass zunächst an Aufforstung gedacht wurde.

An dieser maßlosen Entwaldung beteiligten sich die Menschen, die hier lebten, bis von dem einstigen Waldreichtum nichts mehr übrig war. Der Motor des bescheidenen Wohlstands versiegte. Die Risiken, die bei der Gewinnung von fossiler Energie und Rohstoffen eingegangen wurden, hinterließen soziale Brüche und Unfrieden. Damals war in der Bevölkerung die Furcht vor einer Holzknappheit allgegenwärtig. Sie versetzte die Menschen in Angst und Schrecken. Für die Bewohner mancher Schwarzwaldtäler brachen durch die Abholzungen schwere Zeiten an, sie litten große Not.

Willy war dieses Kapitel seiner Vorfahren nur in groben Umrissen aus Erzählungen bekannt, aber gerade deshalb für ihn nicht abgeschlossen. Er sah es als dunkles Kapitel in der Familiengeschichte, sie hatten, wie er sich seinem Großvater gegenüber äußerte, durch Entwaldung skrupellos die Natur für ihre Geschäfte ausgebeutet. Handelten sie nicht aus purem Eigennutz, auch nach den Maßstäben ihrer Zeit? Zumindest davon konnte er sie nicht freisprechen, wenn auch an die ökologischen Folgen zu dieser Zeit noch niemand dachte. Angeblich verdankte er seinen Vornamen einem damals im ganzen Tal für seine Holzkohle gefragten Vorfahren, dem Köhler und späteren Waldbesitzer Willi Fleckenstein. Die Vorfahren sind in uns. Ein schräger Mix! Doch ein Teil seiner Wurzeln war eindeutig hier.

Seine Empfindungen und seine Gedankenreise in die Welt seiner Vorfahren wurden jäh gestoppt, der Fahrkartenkontrolleur holte ihn zurück in die Gegenwart. Während er automatisch seine Fahrkarte vorzeigte, überlegte er, warum ihn gerade jetzt der Rückblick stärker berührte, schon öfters hatte sich durch Erzählungen seines Großvaters ein Fenster einen Spalt breit in die ferne Vergangenheit geöffnet, in die damaligen Tragödien und Bedrohungen. Doch plötzlich erschienen sie nicht mehr so fern. Die Sorgen der Menschen, deren Existenz durch Raubbau bedroht war, rückten Willy mit einem Schlag näher. Dass sich nun seine vertraute Welt verändern könnte, ähnlich wie damals, rief in ihm eine unheilvolle Empfindung hervor. Dass dabei aber ihr Schwimmbad in dem Geschehen der Klimakatastrophe eine Rolle spielte, und die Erderwärmung gerade das dritte Waldsterben einleitete, an diesen Gedanken musste er sich erst gewöhnen.

Willy, seiner Generation, dämmerte mehr und mehr: Die Folgen des Klimawandels würden sie ihr weiteres Leben begleiten. Das «alte» Klima gehörte der Vergangenheit an. Allein das Tempo der Veränderung war ungewiss. Doch es betraf alle, es war eine globale Erscheinung. Weltweit wird ein Verlust an Sicherheit spürbar, da ewige Gewissheiten wegbrechen. Alles wird anders. Mancherorts wie im Märchen von heute auf morgen, wie für die Menschen auf der südlichen Hemisphäre, die heute schon ihre Heimat verlassen müssen.

Was hatte Jule im Schwimmbad gesagt? Der politische Druck der Straße ist nicht ohne, wenn, wie in Deutschland, Hunderttausende Schülerinnen und Schüler auf die Straße, statt in die Schule gehen. Einverstanden, aber in unserer Stadt waren die Demonstranten immer ein bescheidenes kleines Häuflein. Darum müssen wir den Druck, den wir ausüben wollen, anders, mit anderen Mitteln organisieren. Und während der Zug seinem Ziel näherkam, überlegte er, ob sein Land in Zukunft mehr gegen die Klimakatastrophe unternähme als die Vereinigten Staaten in den vergangenen Jahren. Das, fürchtete er, findet nur statt, wenn der Druck zunimmt. Obwohl die Regierung in Berlin die eigenen Klimaziele nur knapp und eher zufällig erreicht, wollte sie dennoch nicht mehr unternehmen. Aber da hat die Regierung nicht an das Bundesverfassungsgericht gedacht und auch nicht an die, die bereits jetzt mit den Folgen der Erderwärmung zu kämpfen haben. Der Zug hielt auf freier Strecke. Willys Blick fiel auf ein Maisfeld mit verdorrten, abgestorbenen Maispflanzen. Gerade gestern hatte er dazu im Radio den Landwirt Schwienhorst gehört, der in Brandenburg ein Landwirtschaftsgut betreibt. Da die Niederschläge wie schon im letzten Jahr ausblieben, fehlte das Futter, das die Kühe für das ganze Jahr bräuchten. Wollten die Bauern nicht untergehen, müssten sie sich umstellen. Und so geht es nicht nur den Landwirten in Deutschland.

Schon jetzt spüren die Küstenbewohner die Auswirkungen des Klimawandels unmittelbar. Da sich nicht nur die Erde erwärmt, sondern auch das Meer, spült es den Sand von der Küste, und deshalb können manche von ihnen nicht mehr lange diesen Fleck Erde, der ihr Zuhause ist, so nennen. Wenn das nicht krass ist, was dann?

Zusammenhänge

Schon beim Einfahren des Zuges in den Bahnhof hatte er seinen geliebten Großvater entdeckt. Bei seinen Großeltern zu sein war vertraut und noch immer etwas Besonderes. Selbst die Luft, der Geruch des Waldes, er gehört dazu, wie die Landschaft, die ihm signalisierte, jetzt bin ich angekommen. Hier, so empfand Willy immer wieder aufs Neue, komme ich mit den Menschen, mit dem Leben anders in Berührung. Direkter. Seinen Großeltern gegenüber konnte er mit Fragen rausrücken, die er nicht seine Eltern und auch niemand anderes fragen würde. Das Denken und Fühlen waren bei ihnen eins und sie zeigten es unmittelbar. Sie wollten von ihm auch nicht, dass er etwas besonders gut machte, oder etwas Bestimmtes überhaupt nicht machte, er konnte einfach so sein, wie er sich im Moment fühlte. Und das war nicht immer gleich.

Der Zug hatte etwas Verspätung, aber er hatte bei seinem letzten Besuch seinen Großeltern sein altes Smartphone überlassen.

»Gerade noch geschafft, dein Schlaumeier hat mich informiert, so konnte ich vorher noch ein paar Einkäufe machen. Du kommst zu Hause nicht zu kurz, aber du weißt ja, wir freuen uns, dass du hier bist, deine Großmutter richtet ihren Speiseplan nach deinem Appetit«, vernahm er seinen Großvater mit Freude. Seine Großeltern wohnten in einem alten Haus, das schon sein Urgroßvater bewohnt hatte. Willy liebte das Haus. Es war eingebettet in die Landschaft, das tief nach unten gezogene Dach tauchte als erstes auf. Beim Näherkommen schimmerten die hellen Fenster und die Eingangstür durch eine Buchenhecke. Zum Haus führte ein Plattenweg aus rotem Buntsandstein. Im ganzen Haus gab es hellgrüne Kachelöfen, die vor allem mit Holz befeuert wurden. Als kleiner Junge, fünf, sechs mag er gewesen sein, hatte er sich vor den Kachelofen auf den Boden gelegt, nicht wegen der gemütlichen, wohligen Wärme, sondern um das Knacken und die manchmal lauten Knallexplosionen des Holzes im glühenden Ofenfeuer zu hören. Und Holz gab es überall, direkt vor der Haustüre im nahen Wald. »Ein nachwachsender Rohstoff greifbar nahe, wer hat schon so viel Glück«, hatte er seinen Großvater heute nicht zum ersten Mal sagen hören.

Willy hatte versprochen, das Holz für den Winter zusammen mit seinem Großvater, der als Forstaufseher viel im Wald gearbeitet hatte, mit Säge und Beil zu zerkleinern und beim Holzschuppen hinter dem Haus zu lagern. Ein Vorrat war wichtig, sein Großvater achtete penibel darauf, dass sein Feuerholz erst nach einer ausreichenden Trocknungszeit verheizt wurde.

Auf die Holzarbeit freute er sich, nun konnte er zeigen, was er abgeguckt hatte. Vor dem Holzschuppen, einer Scheune, wie sie die Bauern auch zum Trocknen des Heus benutzen, lagen größere Holzblöcke von Fichten- und Kiefernstämmen bereit. »Die Vorarbeiten hat uns mein alter Freund Karl schon abgenommen. Manche dickeren Stammteile müssen noch gespalten werden. Baumsägen und Spaltkeile sind da. Du bist nun ein kräftiger Kerl, aber du verstehst, Holzarbeiten sind nicht ungefährlich und du musst mir versprechen, wenn wir arbeiten, sind wir zu zweit.« Sein Großvater war wie immer eindeutig und konnte auch unnachgiebig sein. War er eigenbrötlerischer geworden, oder, wie sein Vater meinte, wurde er immer mehr zum Pessimisten? Für Willy sah sein Großvater immer gleich aus mit seinem vollen weißen Haar und seiner kraftvollen Gestalt.

Von Einarbeiten wollte Willy zunächst nichts wissen. Er glaubte früher schon genug gesehen zu haben: Ein Holzscheit auf den Hackklotz stellen, mit dem Beil in einer Hand schwungvoll ausholen und durchziehen. Was soll da schwer sein? Dann merkte er, dass man Holzspalten erst dann wirklich kennt, wenn man es macht. Das Holz konnte, wenn die Fasern verdreht waren, Widerstand leisten. Am Anfang tat er sich dann auch ein bisschen schwer, doch irgendwann lief es richtig gut und manchmal stimmte sogar sein Rhythmus mit dem seines Großvaters überein. Bis in den Abend hinein hatten sie gearbeitet. Nach dem Abendbrot spürte er eine schwere, gesunde Müdigkeit. Seine Großmutter hatte ihm sein Leibgericht aufgetischt, Tomatensalat mit Rösti und Spiegelei. Sie bereitete sie so zu, wie sie es schon als Kind in der Schweiz kennengelernt hatte. Die Bratkartoffeln schmeckten einfach grandios, innen weich, außen goldbraun-knusprig.

Oben in seinem Zimmer, das er sich früher öfters mit seinem Vetter Jan geteilt hatte, änderte sich nie etwas, die Betten aus honigfarbenem Eichenholz, die Leinenvorhänge, wie große karierte Servietten hingen sie neben den weit geöffneten Fenstern. Er sank in sein Bett, wenn die Erde ihre Drehrichtung ändern sollte, hier würde er nichts merken. Vor dem Einschlafen dachte er an Jule. Verliebt oder nicht verliebt, das kannte er, bisher kam und ging es wie in Wellen, und jedes Mal hatte es bedeutet, sich auf unsicheres Terrain begeben. Vielleicht irrte er sich, bei Jule ging es nicht um Verliebtsein. Nicht, dass er ihren weiblichen Reizen gegenüber immun war, doch von ihr ging einfach etwas anderes aus, das stärker war und seine sexuelle Neugierde übertraf. Jule weckte in ihm etwas, in ihrer Gegenwart fühlte er eine natürliche Nähe und Verbundenheit, die er bei einem gleichaltrigen Erdenbürger, erst recht einem weiblichen, vorher nie empfunden hatte. Bestimmt hatte sie ihm in manchen Dingen und er wiederum ihr etwas voraus, jedenfalls zusammen mit Jule fühlte er so etwas wie eine Sicherheit und das Empfinden, gemeinsam landeten sie am Ziel, was alleine so nicht erreichbar wäre. Zusammen hatten sie einfach mehr auf dem Schirm. Unverkennbar, Jule ging es genau so, und das war Willy keineswegs einerlei. Mit diesem ruhigen, aber kontinuierlichen Strom an Gedanken musste er eingeschlafen sein, am nächsten Morgen brannte jedenfalls noch immer das Licht seiner Nachttischlampe.

Natürlich konnte Willy es nicht zugeben, als schon an seinem zweiten Arbeitstag ein Muskelkater in den Armen seinen Eifer bremste. Es war schon richtig, an Kraft fehlte es ihm nicht. Daniel fachsimpelte von Kondition und Ausdauer, nun spürte er ungewollt, was er meinte. So war er froh, als seine Großeltern ihm vorschlugen, einen Ausflug zu einem befreundeten Imker zu machen. Er hatte mehrere Bienenvölker und Bienenstöcke in einem nahen Weißtannengebiet. Der Honig von diesem Imker war besonders, Willy fand ihn einmalig und er war gleich dabei. Aber es lag nicht alleine am Honig. Während der Fahrt auf kleinen Waldstraßen, vorbei an Wiesenhängen, tauchten Erinnerungen auf, Bilder, als bei seinen ersten Rutschversuchen auf Skiern die Erdanziehung schon nach kürzester Zeit als Sieger hervorging.

»Das waren noch andere Zeiten«, meinte sein Großvater, »die Winter brachten uns viel Schnee. Dass der Klimawandel so drastisch einbricht in Gewohntes, das selbstverständlich war, solange ich denken kann, macht deiner Großmutter und mir große Sorgen. Es sind nicht nur die Einnahmen im Winter, die dem Ort fehlen. Stell sie dir vor, deine gleichaltrigen Kameraden, viele Skitalente, die, sobald es schneit, nur darauf warten, dass ihr Training für die Wettkämpfe losgeht. Es fällt ins Wasser. Seit ein paar Jahren, du hast es an Weihnachten ja selbst gesehen, gab es oft nur wenige zusammenhängende Tage mit einer stabilen Schneelage. Selbst der Kunstschnee, von dem ich nie ein Freund war, ist keine Lösung mehr, weil es selbst in dieser Höhe oft nicht kalt genug wird.«

Das hämmernde und gleichmäßige tock-tock eines Spechts war zu hören. Sein Großvater hielt auf einem schmalen Waldweg, für alle eine willkommene Gelegenheit, das Auto zu verlassen. Das Klopfen wurde lauter und klang kraftvoll. Beim Näherkommen sahen sie den Arbeiter, ähnlich groß wie eine Krähe, mit schwarzem Federkleid und roter Haube, ein Schwarzspecht. Die Ausdauer dieses fliegenden Waldarbeiters war erstaunlich. Er ist, wie Willy erfuhr, ein gefragter Baumeister von Baumhöhlen. Ohne ihn müssten manche Waldbewohner, wie Käuze, Bienen, Marder, auf eine geeignete Waldwohnung verzichten, also auf eine gefragte Brut- und Wohnstätte.

Auf dem Weg zurück, in genügend großem Abstand zur Baustelle des Schwarzspechts, fuhr Willys Großvater fort:

»Für deine Großmutter und mich wird sich hoffentlich nicht mehr viel ändern. Wie du weißt, ist es nicht das erste Mal, dass unsere Lebensgrundlage, der Wald mit seinem Holzreichtum und seiner Lebensvielfalt brutal zerstört wird. Doch gerade diese Erfahrung, die wollte ich nicht noch einmal machen. Am Ende des letzten Jahrhunderts waren es die Abgase, die den Wald in eine Mondlandschaft verwandelten. Ich frage mich, wo bleibt heute der Protest gegen ein, wie wir längst wissen, verhängnisvolles Festhalten an fossiler Energie? Das war vor 40 Jahren anders. Auch da ging es um Energie, um Atomenergie. Als die Landesregierung von Baden-Württemberg am Kaiserstuhl, keine 70 km von hier, in Whyl ein Atomkraftwerk bauen wollte, regte sich mehr und mehr der Widerstand. Schließlich wurde selbst das Gelände besetzt, es waren vor allem Winzer, also Weinbauern, die seit Generationen ihre Weinberge kultivierten. Aber auch Hausfrauen, Rentner, Handwerker, Menschen, die noch nie im Leben auf einer Demo gewesen waren. Deine Großmutter organisierte Fahrten, um dagegen zu demonstrieren.«

»Großmutter, das musst du mir ausführlicher erzählen«, unterbrach Willy. Er spürte, sein Großvater war wie vor 40 Jahren erregt und gleichzeitig auch stolz auf seine Frau für ihr Engagement und ihre Unbeugsamkeit.

»Es fand ein Umdenken in Sachen Atomenergie statt. Whyl war der Startpunkt, die Initialzündung der Anti-AKW-Bewegung. Bei mir wuchs die Skepsis nur langsam. Von Solarenergie hörten wir zum ersten Mal in dieser Zeit. Aber die Zerstörung der Umwelt blieb auch bei mir nicht folgenlos. Die Ökologiebewegung wurde stärker und machte mich nachdenklich und schließlich zu einem Atomgegner.«

Seine Großmutter, deren Haare immer noch dunkel waren, hatte still zugehört, in sich ruhend. Sie drehte sich zu Willy um und sah ihn an:

»Ich weiß, du kennst deine Großmutter, ich gebe nicht so schnell klein bei, wenn mir etwas wichtig erscheint. Auch mein Großvater war Weinbauer, nicht hier, sondern im Oberen

Rheintal in der Schweiz. Die Menschen dort kümmern sich seit anno dazumal direkt um ihre Belange. Schon als Kind habe ich das erlebt. Es war schon immer wichtig, sich auf die Hinterbeine zu stellen. Ja, gegen die Atomkraft war ich selbst dabei, organisierte den Widerstand hier im Ort, verteilte auch Flugblätter. Die Bürgerinitiativen wollten sich von niemandem vereinnahmen lassen, das war ein eiserner Grundsatz, um glaubwürdig zu sein. Wie dein Großvater sagte, hat ihm das anfangs gar nicht gefallen. Doch er änderte seine Haltung. Der Protest hier hat die Menschen verändert, auch deinen Großvater.«

Sein Land verklagen

Das eben Gehörte beschäftigte ihn. Seine Großeltern könnten ihm von manchem Kampfplatz berichten. Sie hatten erfolgreich eine der Protestbewegungen aufgebaut, Widerstand geleistet, beigetragen, bis das Atom-Projekt Whyl abgeblasen wurde. Aber warum hatten sie, ihre Generation, einst hochaktiv wie auch die Generation seiner Eltern, zugelassen, dass es zu der größten Krise, der Klimakatastrophe gekommen war. Warum fand nicht mit der gleichen Entschlossenheit ein Kampf gegen die Klimaerwärmung statt, warum gab es keine Klimaschutzbewegung der Älteren? Länger konnte er nicht stillhalten. Es brach aus ihm heraus:

»Das ist neu für mich, euer Einsatz, aber warum habt ihr aufgehört, Widerstand zu leisten? Den Klimawandel gibt es nicht erst heute, ihn gab es schon, als ich geboren wurde. Warum hat euch das kalt gelassen? Von euch habe ich gelernt, dass die Natur geschützt werden muss. Am schlimmsten ist, dass die Klimakatastrophe von Jahr zu Jahr bedrohlicher wird. Doch die Regierenden aller Länder, auch hierzulande, machen weiter wie bisher. Stellt euch vor, das Schwimmbad, wo ich schwimmen gelernt habe, ist ein richtiger Luftverpester. In unserer Zeitung stand etwas von mehreren Tonnen Treibhausgasen jedes Jahr, die vermieden werden könnten. Trotzdem, niemand wehrt sich. Große Grabesstille, es gibt keine Versammlung, keine Proteste. Und was du gesagt hast, Opa, die junge Generation, wir werden es ausbaden, weil die Erwachsenen nicht handeln, das ist fatal, jedenfalls nicht hinnehmbar.«

Willy stoppte abrupt, das war das erste Mal, dass er seine Großeltern infrage stellte, sie gar beschuldigte, etwas unterlassen zu haben. Wie werden sie auf seinen unerwarteten Ausbruch reagieren, vielleicht mit Unverständnis? Sein Großvater hielt in diesem Augenblick vor einem Haus, das von einzelnen Bäumen und einer Wiese umgeben war. Im Auto war nachdenkliche Stille eingetreten. Willy sah, wie das Herz seiner Großmutter schneller pumpte, ihr Gesicht war gerötet, als sie mit erregter Stimme antwortete:

»Warum gegen den Klimawandel bis heute zu wenig getan wird fragen wir, dein Großvater und ich, uns immer wieder, es ist ein ungelöstes Rätsel. Was uns selbst angeht, musst du wissen, in der Protestzeit von Whyl haben wir einen Preis gezahlt, das wussten wir, aber wir konnten nicht anders, wir waren ein Teil des Widerstands. Zeitweise überforderten wir uns, wir waren eine junge Familie mit zwei Kindern, deinem Vater und deinem Onkel Eckehard. Damals wie heute muss jeder sich seine Meinung bilden, mit der halten wir, wie du weißt, auch heute nicht hinter dem Berg. Dass wir uns erneut auf die Hinterbeine stellten, dazu hat es nicht gereicht.«

»Das stimmt nicht ganz, deine Großmutter ist auch heute aktiv. Aber lass uns den Honigkauf erledigen. Hans wartet vielleicht schon auf uns. Gerade hat er viel zu tun, jetzt werden die Weichen für das kommende Bienenjahr gestellt.«

Nach einem zweiten Frühstück, einer Schale mit Weißtannenhonig und einer kräftigen Scheibe Brot, das ihnen die Frau des Imkers anbot, brachen sie mit ihren gefüllten Honiggläsern zu ihrem Rückweg auf.

Als sie wieder im Auto waren, ergänzte seine Großmutter: »Es ist richtig, ganz unbeteiligt bin ich auch heute nicht. Das Gute an der heutigen Zeit ist, es gibt viel mehr Möglichkeiten zu protestieren, sich zu beteiligen. Meine alte, sehr aktive Schweizer Freundin macht es mir vor. Sie ist empört. Sie klagen die Schweizer Regierung an, sie und andere Frauen fordern ihr Recht auf eine Umwelt und ein Klima, das unbeschadet an die nächsten Generationen weitergegeben wird. Ihr schreibe ich Mails, sie haben immer wieder Fragen, wenn ein Schreiben von ihrem Rechtsbeistand, einem Rechtsanwalt kommt.«

Seine Großmutter hatte recht. Sie mussten ihre eigene Protestform finden. »Großmutter, ich wollte dich fragen, ist es nicht traurig, dass Klimaklagen die Politik auf Trab bringen müssen, selbst Kinder und Jugendliche verklagen ihr Land, weil sie Klimaschutz auf Sparflamme nicht hinnehmen wollen!«

»Tja, Willy, vor 10 Jahren hätte ich zu dir gesagt: Klimapolitik ist Sache der Erwachsenen, darüber müsst ihr Jugendlichen euch nicht den Kopf zerbrechen! Heute denke ich die Jungen sind entscheidend, auf die kann das Klima nicht verzichten, das freut mich, sollte aber nicht so sein. Die Politik muss sich daran messen lassen, ob sie eine zukunftsfähige Politik macht, auch für eure Generation, sie muss vorausschauend handeln. Die Kläger sind nicht ohne Hilfe, auch Umweltorganisationen wie Greenpeace unterstützen sie. Daher ist in Klimaklagen gerade die junge Generation vertreten.«

»Heißt das im Falle deiner Freundinnen, sie haben einen Anwalt, der sie befragt, wie die Erderwärmung in ihr Leben eingreift?«

»Ja, dabei macht mir Hoffnung, dass verschiedene Gerichtsurteile gezeigt haben, Klimapolitik muss sich an den Erkenntnissen der Wissenschaft orientieren. Wenn also die Emissionen von Klimagasen nicht ausreichend reduziert werden, um die Klimaziele zu erreichen, müssen sie nachgebessert werden.«

»Und deshalb ja auch das Klimaschutzgesetz der Bundesregierung. «

»Ja, deshalb werden die Klimaklagen vermutlich zunehmen, aber Klimaschutzgesetze sind erstmal nichts weiter als Versprechen.« An seine Großeltern gewandt, fuhr Willy fort: »Dass bisweilen Gerichtsentscheide weiterhelfen ist gut. Was mich aber beschäftigt, ist die Frage, warum braucht es, um Lebensgrundlagen zu sichern überhaupt Gerichtsentscheide, warum wird nicht entschiedener umgesetzt, was für die Einhaltung der Klimaziele und die Erhaltung der Artenvielfalt erforderlich ist. Warum bewegt sich viel zu wenig, und du, Großmutter, meintest, das sei auch euch ein Rätsel. Ich habe da eine Idee, die dafür eine Erklärung sein könnte. Sie ist ein bisschen crazy, aber das spricht nicht von vornherein gegen sie. Wie man heute sicher weiß, tragen wir zwischen einem und vier Prozent Neandertaler-DNA in uns. Wahrscheinlich waren Neandertaler unsere engsten Verwandten. In einer entscheidenden Phase verhalten wir uns wie Urmenschen, über die Katastrophen hereinbrechen, nicht wie Menschen, die sich von wissenschaftlichen Erkenntnissen leiten lassen. Könnte dies eine Erklärung sein, da diese Urmensch-Gene in uns lebendig sind? Wenn uns diese Urmensch-Gene an bestimmten Verhaltensmustern festhalten lassen, fände ich das überhaupt nicht cool, es könnte aber unser Verhalten erklären«, ließ Willy mit fragendem Gesichtsausdruck wissen.

»Das klingt, wie meintest du, crazy, aber wäre eine Erklärung für die Lage, in die wir uns manövriert haben. Ich kann gut verstehen, dass ihr jungen Menschen wissen wollt, woran es liegt, dass wir nicht mehr zum Erhalt einer intakten Umwelt tun.«

»Warum kommen mir hier bei euch solche Gedanken?«, fragte Willy mit einem tiefen Seufzer seine Großeltern. »Was glaubst du, wie oft ich zu meinen Großeltern ging, wenn ich Sorgen hatte, oder etwas wissen wollte«, war die Reaktion seiner Großmutter.

Willys Ferientage bei seinen Großeltern waren anders als all die Jahre davor. Es lag auch daran, dass er seinem Großvater in diesen Ferien als professioneller Holzarbeiter hatte helfen können. Die Holzarbeit, vor der sich sein Großvater in den letzten Jahren immer mehr gegraut hatte, liefe, wie er versicherte, wieder von der Hand wie in Zeiten, als er noch tagtäglich damit zu tun hatte. Als sie ein paar Tage später vor der aufgeschichteten Holzfront an der hohen Scheunenwand standen, war Willy erstaunt, was sie zusammen geschafft hatten, und wohl zu Recht spürte er auch Stolz, dass sein Vorsatz, bei der Holzarbeit anzupacken, richtig gut gelungen war. Es war ihm eine anschauliche Lektion: Wenn man mit dem Beil auch nur ein Holzscheit nach dem andern zerkleinern kann, irgendwann ist der ganze Berg abgetragen. Beim Abschied von seiner Großmutter meinte diese etwas wehmütig: »Du hast mich überholt, du wächst nach oben und ich nach unten. Aber eine Ähnlichkeit sehe ich. Ich denke, schon als Kind war ich wie du, wenn ich spürte, dass etwas nicht stimmt oder gar bedrohlich werden könnte, ließ ich nicht nach, um meinen Platz, wie ich meinte, auf der richtigen Seite zu finden. Das ist heute so wichtig wie zu meiner Zeit. Schreib mir. Wie du nun weißt, lese ich meine Mails sogar täglich, wenn es brennt.«

Irritation

Bei der Rückfahrt mit dem Zug freute sich Willy darauf, Jule, Daniel und Marko zu sehen. Gute zwei Wochen hatten sie noch, dann begann die Schule. Ein paar Mal hatte er mit ihnen gesimst, sie wussten also, dass er heute wieder zurück sein würde. Zuerst gab es jedoch nach seiner Ankunft ein verspätetes Mittagsessen mit seinen Eltern. Mit welchem Tatendrang er seinem Großvater beigestanden war, hatten sie schon am Telefon erfahren. Besonders beglückt hatte er seine Mutter. Der elterliche Dialog, der immer wieder in dem Vorwurf seines Vaters mündete, Willy würde verwöhnt, vor allem von seiner Mutter nicht zu knapp, war für sie damit widerlegt. Dass Willy jedoch, kaum, dass die Teller leer waren, übergangslos sagte, er müsste losziehen, kam für seine Eltern keineswegs überraschend, da er hinzufügte, seine Freunde warteten auf ihn. Hingegen wie er dies mit einer Entschlossenheit tat, die keinen Aufschub zulassen würde, schon.

»Hey Kumpel, wurde Zeit, dass du wieder einläufst«, war ihre Begrüßung. Zunächst wollten Daniel und Marko ihrem Freund nicht abnehmen, dass die Tage bei seinen Großeltern ganz anders waren, als sie dachten, nämlich dass er nicht auf der faulen Haut gelegen hatte, sondern als Holzarbeiter geschuftet hatte. Als Willy jedoch die Ärmel seines Hemds hochkrempelte und auf seinen Bizeps zeigte, bestätigte ihr anerkennendes «WOW» ihre Zustimmung. Für Willy war die nahe liegende Frage, die ihn am meisten beschäftigte, die nach Jule, die er erfolglos versucht hatte zu erreichen. Für seine Freunde war es eine Selbstverständlichkeit, die brauchte auch niemand groß aufs Tapet bringen, dass für ihren Zusammenhalt, wie auch für ihr Klima-Quartett, Jule wichtig war und Willy und Jule zusammen dabei so etwas wie die Triebfeder waren. Möglichst clean und ohne Umschweife schilderte Marko, dass Jule sie letzte Woche im «Spucki» ignoriert hatte und bei dieser Clique um Harry – »du weißt schon, dieses hochnäsige Gemüse, eine über uns« – sich von ihnen absentiert hatte. Das war vor ein paar Tagen gewesen und seither hatte Jule sich auch bei ihnen nicht gemeldet oder auf ihre Simse reagiert. Bei Willy läutete eine Alarmglocke. Er konnte nicht verhindern, dass bei dieser Nachricht von Marko sich bei ihm eine Anspannung breit machte. Aber nach außen wollte er möglichst cool wirken: »Kann ich kaum glauben. Wir kennen Jule. Daniel, wie siehst du die Lage?«

»Jule weiß, was sie will, aber wenn sie für diesen Harribo Knaben entflammt ist, bin ich nicht mehr sicher.«

Diesem Hinweis von Daniel lag ein Gedanke zugrunde, den er nicht hochkommen lassen wollte, der ihn aber nicht losließ. Mit: »Was ich von dieser Gruppe um Harry mitbekommen habe, passt doch überhaupt nicht zu Jule«, versuchte Willy vor allem seine eigene Unruhe zu ersticken. In seinem Kopf schossen Gedanken durcheinander, war er kleingläubig? Fantasierten sie da in Jule etwas hinein, was gar nicht zutraf? »Ihr wisst, auf Jule lasse ich nichts kommen, ganz abgesehen davon, sie macht uns Dampf, alleine deshalb ist sie wichtig. Ich versuche jetzt, ihre Freundin Doddo zu erreichen, die könnte doch wissen, wo Jule abgeblieben ist.«

»Gute Idee, Doddo haben wir nämlich auch nicht mehr gesehen«, meinte Daniel zustimmend. Aber dieser Hoffnungsschimmer löste sich in Luft auf, da Willys Versuche, Jules Freundin zu erreichen, erfolglos blieben. Sein Smartphone teilte nur mit liebenswürdiger Stimme mit: »Der Teilnehmer ist momentan nicht erreichbar, bitte versuchen Sie es später noch einmal.«

Ratlos und mit etwas hängenden Köpfen gingen sie in die Eisdiele und jeder bestellte seine Lieblingseissorte. Doch so einfach ließ sich ihre Verzagtheit nicht beseitigen. Daniel kannte solche Momente sehr gut. Nach einem Spiel, wenn sie eine Schlappe eingefahren hatten, sank die Stimmung auf einen Tiefpunkt. Wichtig war dann, dass rechtzeitig einer mit Humor oder zumindest mit einem Spruch ihren Mumm wieder aufbaute. Zumindest müsste es möglich sein, ihre Stimmung etwas aufzuhellen. Da fiel Daniel ein, dass er doch die anderen Mitstreiter über die großen Energieverbraucher hier in Bebenhausen informieren wollte. Bei ihrer Arbeit hatte seine Mutter schließlich täglich damit zu tun. Er berichtete Willy und Marko, dass er in einem geeigneten Moment vor ein paar Tagen mit Herzklopfen in den Unterlagen seiner Mutter gestöbert hatte. Die großen Energieverbraucher der Stadt und der ganzen Umgebung waren in einer herausgehobenen Spalte aufgelistet. Schwarz auf weiß konnte er nachlesen, was Willy schon aus dem Zeitungsartikel über das Gemeindeschwimmbad berichtet hatte. Zweifelsfrei, die Zahlen waren eindeutig. Wenn er den Energieverbrauch des Schwimmbads mit dem des Einkaufszentrums verglich, konnte er ablesen, was Sache war. Aber auch die Zahlen für die Schule und das Rathaus waren nicht von Pappe. Was hier steht, muss dem Klima-Quartett schwarz auf weiß vorliegen, teilte ihm ein innerer Reflex mit. Abstauber hörte er im Geiste seinen Bruder sagen. Sein Handeln hatte einen tieferen Grund, den er seiner Mutter gegenüber glaubte, rechtfertigen zu können und ihr auch im richtigen Moment gestehen wollte.

Nach wie vor fehlte ihnen eine Idee für eine Aktion, mit der sie das Versagen der Stadtverwaltung öffentlich machen konnten. Ausgangspunkt war ihr »Spucki«, so viel stand zumindest fest. Nach dieser «Erdung» schien Willys Ausgeglichenheit langsam wieder an Boden zu gewinnen. In gewohnter, bedächtiger Art und Weise erzählte er nun von seinen Holztürmen, die sein Großvater und er in nur zwei Wochen aufgebaut hatten.

Warten

Nachdem Willy sich von seinen Freunden verabschiedet hatte, fuhr er mit seinem Fahrrad zum Aussichtsturm, kletterte die knarrenden Holzstufen empor. Oben war er umgeben von Schwalben, die am Himmel mit schrillen Schreien pfeilschnell ihre Kreise zogen. Sein Blick fiel auf eine grüne Hügellandschaft mit Ackerflächen. In der Ferne verschmolz die Waldsilhouette mit dem abendlichen Grau des Himmels. Stille! Einssein. Er musste allein für sich Klarheit gewinnen. Die Zweifel nagten, hatte Jule etwas mit diesem Angeber Harry? Dass Jule diesen Harry toll fand, konnte er sich nicht vorstellen, wenn doch, dann kannte er Jule nicht, das bedeutete, dass sie ihr Klima-Quartett abschreiben konnten! Was könnte sie aber hindern, sich zu melden? Noch bei seinen Großeltern, und heute im Zug, hatte er mehrmals gesimst, getwittert, ohne eine Reaktion. Wenn morgen nichts von ihr kommt, werde ich ihre Eltern fragen. Er kannte sie. Indes, deren größter Herzenswunsch war, dass Jule ihre musikalische Begabung nicht vernachlässigte. Kein Wunder, ihr Lebenselixier und zugleich Broterwerb war die Musik. Doch von Jule wusste er, dass ihre Eltern sie immer wieder gemahnt hatten, ihr Klavierspiel ernsthafter zu betreiben, nebenher wäre einfach zu wenig. Allein deshalb war ihnen das Klima-Quartett ein Dorn im Auge. Erst vor ein paar Tagen hatte Jule ihren Eltern gegenüber in einem Streit geäußert, dass das Klima ihr wichtiger sei als die ganze Klavierspielerei. Sie sei Mitglied in einem Quartett, aber eben einem Klima-Quartett. Ihr Vater hatte ihr daraufhin angekündigt, er würde sie in einem Musikinternat anmelden, wenn sie nicht selbst erkennen würde, was sie achtlos brach liegen ließe. Vielleicht können ihre Eltern dennoch verstehen, dass ich wissen will, ob mit Jule alles ok. ist.

Erst jetzt merkte Willy, dass es schon dämmrig war. Er musste sich sputen, sein Fahrradlicht war defekt.

Zu Hause angekommen, empfing ihn seine Mutter mit: »Ihr habt euch viel zu berichten, ich weiß, noch sind Ferien, doch morgen ist auch ein Tag. Ich würde gerne heute an deinem ersten Abend mit dir und deinem Vater zu unserem Italiener gehen.«

»Prima, finde ich super, kannst du Gedanken lesen?« Und insgeheim dachte er, das kommt wie gerufen! Die Welt dort ist anders, sie lenkt mich ab. In der Nacht fand er lange nicht in den Schlaf, er wälzte sich unruhig von einer Seite auf die andere. Noch vor dem Einschlafen hatte er mit Befürchtungen, aber mit einem Funken Hoffnung, einen weiteren Versuch gestartet, Jule per SMS zu erreichen. Doch was er in sein Smartphone geschrieben hatte:

«Jule ist was? Erreiche dich nicht, warum meldest du dich nicht?« fand er lahm und schwunglos, so wie er sich auch fühlte. Schließlich simste er: »Jule, Du fehlst! Bitte melde Dich! Willy.« Am frühen Morgen, noch war alles ringsum ruhig, wurde er durch den vertrauten Ton seines Smartphones geweckt. Schlaftrunken, aufgeschreckt durch das monotone Summen, fischte er nach seinem mobilen Nachrichtenteil. Im Halbschlaf las er: »Willy, sorry, Erklärung später! Jule.« Die Nachricht versetzte ihm einen Adrenalinstoß. Erleichtert ließ er sich in sein Bett fallen. Zwar tappte er noch im Ungewissen, was geschehen war. Immerhin eine Nachricht! Die nagenden Zweifel waren nicht verschwunden, doch fürs Erste schien alles in Ordnung zu sein. »Uff, was war das für eine Nacht!« Erst das Morgengezwitscher der Vögel vor seinem Fenster verscheuchte seine Müdigkeit, doch die Ungewissheit schwebte weiterhin in seiner Gedankenwelt.

Gemeinsame Gefühle

Am Morgen schien die Zeit stehen zu bleiben. Wortkarg half er seiner Mutter, die schwere Einkaufstasche nach oben zu tragen. Selbst seine Lieblingsspiele, die ihn normalerweise fesselten, waren uninteressant, seine Außenantennen waren eingefahren. Äußerlich ruhig, doch innerlich fühlte er sich blockiert in einer Warteposition. Er wusste, Jule spannte ihn nicht unnötig auf die Folter, das war nicht ihre Art. Doch schließlich kam die ersehnte Nachricht. Ihre SMS – Botschaft lautete kurz: »Treffen an üblicher Stelle, oben, 15h! Jule«. Schon mehrmals in diesem Sommer hatten sie sich auf der Kanzel des Aussichtsturms getroffen. Dort konnten sie sein, auch ohne befürchten zu müssen, die übliche Flüsterpropaganda der halben Klasse in Gang zu setzen. Dass Jule den Turm heute für ihr Treffen ausgewählt hatte beruhigte ihn. An diesem Rückzugsort hatte ihn Jule in den unterirdischen Plan ihrer Eltern mit dem Internat eingeweiht. Natürlich war glasklar, was das bedeuten würde. Himmel und Hölle wollte Jule dagegen in Bewegung setzen. Gemeinsam hatten sie überlegt, was sie unternehmen könnte, damit es nicht so weit käme. Am erfolgversprechendsten wäre eine überzeugende Idee. Jule meinte, ihre Eltern sähen bei ihr eine musikalische Begabung, sie hingegen sähe bei ihren Eltern eine Überschätzung des eigenen Kindes, also eine Wunschvorstellung. Schweigend hing jeder Gedanken nach, die Auswege eröffnen könnten. Für Willy war naheliegend, in solch einem Zusammenhang eine gewichtige Person aus der Familie einzubeziehen. Er wollte daher wissen, wer ihr den Rücken stärken könnte und war sicher, dass er sich an seine Großeltern oder seinen Onkel Eckehard wenden würde. Jule stimmte zu, sie fand, an diesem Gedanken sei etwas dran, er böte eine Chance. Ein Onkel, der Bruder ihrer Mutter, wäre in dieser Rolle der Richtige. Er könnte ihren Eltern diese abwegige Idee ausreden.

Als Willy mit seinem Fahrrad bei der Kanzel ankam, stand Jules schon da. Die Turmkanzel bildete ein Karree mit einer halbhohen Holzumfassung. Beim Hochsteigen der Stufen dachte er an einen Spruch seines Vetters Jan: »Nicht nur Backen aufblasen, sondern auch pfeifen!«, einer seiner Weisheiten, die er von ihm zuletzt gehört hatte, als dieser ihm vor Augen führen wollte, dass das Wünschen das Handeln nicht ersetzen sollte. Aber wenn sich zwischen ihnen etwas verändern würde, wäre es eine Sache, die alle betraf. Jule stand inmitten des mit dicken Bodendielen ausgelegten Karrees, ihre Sommerbräune war verschwunden, doch ihre Augen funkelten wie immer. Beide gingen mit einem Lächeln aufeinander zu. Jule spürte Willys fragenden Blick und zugleich seine Unsicherheit, als Willy begann:

»Jule, ehrlich, ich habe gedacht, etwas muss passiert sein. Seit Tagen Funkstille, das war nicht zum Aushalten!«

Jule lehnte sich an Willy, ohne etwas zu sagen. Nicht in diesem Moment. Seine innere Verfassung nachempfindend entgegnete sie mit ernster Miene: »Es ist einiges geschehen, aber am wenigsten mir. Eine richtig doofe Situation. Nicht nur für mich. Wir sind unfreiwillig abgetaucht. Du wirst sehen, es ging nicht anders.«

Und dann sprudelte es aus Jule heraus. Daniel und Marko hatten sich nicht getäuscht, Harry spielte eine Rolle, aber eine viel kläglichere als Willy vermutet hatte. Angefangen hatte es damit, dass Harry mit Doddo anbändeln wollte, was Doddo auch gefiel, ein Flirt mit ihrem heimlichen Schwarm, das wollte sie schon. »Na ja, du weißt, wer möchte nicht gerne bewundert werden und Doddo besonders. Sie hatte es sich so schön ausgemalt, ihren Auftritt als verliebtes Paar. Die Details lass ich weg, aber dieser Mistkerl, er spielte ein übles Spiel. Es dauerte bis Doddo raffte, wie er wirklich tickt. Doddo tat mir leid. Als sie mit ihm Schluss machen wollte, drehte er durch. Er schickte ihr und schließlich auch mir, unendliche seiner Anmache-Botschaften per SMS.«

»Oh Mann! Ich ahne, was da abging. Und wie habt ihr den Stecker gezogen?«

»Als ich ihn im Schwimmbad zur Rede stellte, tat er groß, wie er Doddo anhimmele. Ich sagte ihm: Lass Doddo und mich in Ruhe! Aber mit seinen immer gleichen Simsen hörte er nicht auf, manchmal mitten in der Nacht. Daraufhin versetzten wir unser Smartphone ein paar Tag in den Tiefschlaf. Funkstille war unsere einzige Rettung, eine andere Möglichkeit fiel uns nicht ein. Vielleicht hätten wir ihn anzeigen sollen.«

Willys Kloß im Hals war verschwunden, wie auch die Gedanken, die durch seinen Kopf gejagt waren. Erleichtert gestand er: »Ach Jule, ich sah dich verknallt in diesen Harry, diesen Möchtegernlover. Eine abwegige Idee, ein Hirngespinst. Für Doddo kein cooles Ende, aber ich bin froh, ich kann nicht sagen wie.«

Jule nickte zustimmend und meinte: »Ich möchte die Geschichte schnell vergessen, das war hartes Brot. Das erste Mal seit Tagen empfinde ich so etwas wie Unbeschwertheit.« Willy breitete seine Arme aus, umarmte Jule, die die Nähe spürte wie Sonnenstrahlen nach fünf Tagen Dauerregen.

Das Schwimmbad pinkelt

Beide waren froh, es war schön, unbeschwert die letzten Ferientage vor sich zu haben. Wochen waren vergangen, seit sich das Klima-Quartett zum letzten Mal zusammen überlegt hatte, wie es weitergehen könnte. Sie stimmten überein, dass sie sich so bald als möglich an einem ruhigen Ort beraten sollten. Eigentlich war es brandeilig, wie Willy meinte, endlich die Vorschläge zu diskutieren, die jeder für das «Spucki« hatte. Gab es für ihre Beratung einen guten Treffpunkt? Jule und Doddo hatten bei dem Versuch, sich abzukapseln, mit dem Fahrrad eine alte stillgelegte Kegelbahn auf einer Wiese entdeckt. Sogar Tische und Bänke gab es dort. Willy fand die Idee astrein, auch weil sie, wie Jule versicherte, nicht mal eine halbe Stunde bräuchten, um mit dem Fahrrad dorthin zu kommen.

Schon am Morgen machte sich das Klima-Quartett auf den Weg. Unterwegs weihte Jule Daniel und Marko ein, wie die Sache mit Harry gelaufen war. »Hängt die Geschichte bloß nicht an die große Glocke«, mahnte Jule, »sonst hat die Arme auch noch den Spott!« Sie hatten eine kleine Häuseransammlung durchfahren, der Weg führte sie weiter durch eine sanfte Landschaft von Wiesen und Feldern, und etwa einen Kilometer entfernt lag schon rechterhand das Gelände mit der alten Kegelbahn. Sie war umgeben von Obstbäumen, Bänke und Tische standen bereit, und als die Vesper und die Getränke wieder im Rucksack waren, war die Diskussion bereits in vollem Gange. Es ging ihnen vor allem darum, was sie erreichen wollten. Nach lebhaftem Disput, in dem sie sich gegenseitig mit Vorschlägen übertrafen, sagte Willy schließlich:

»Vielleicht kann man unser Ziel so beschreiben: Wir erklären unser Schwimmbad zur «emissionsfreien Zone«, Nachahmung empfohlen. Bei unserem Schwimmbad muss die Emission von Treibhausgasen, also was unser «Spucki« klimawirksam in die Luft pustet, gestoppt werden. Wir vergiften die Luft. Für das Klima ist die Wirkung so, als ob wir alle in das Schwimmbad pinkeln würden und das Wasser trinken. Mit dem Unterschied, die Anreicherung der Luft mit Treibhausgasen ist unsichtbar, aber wirksam, manche Orte spüren das bereits deutlich. Abwarten geht nicht. Nicht zukünftige Generationen, wir müssen mit einer Aktion dagegenhalten!«

»Doch was stellen wir an? Mich hast du überzeugt. Doch Herrn Schwarz müssen wir überzeugen, er ist der Finanzmensch. Er möchte keine Moneten für eine klimafreundliche Energieversorgung rausrücken. Was muss der Stadtrat samt seinen Kassenverwaltern zu hören bekommen, damit selbst die das Schwimmbad am Pinkeln hindern und die Kohle freigeben«, war Markos Kommentar.

Alle waren nun in Fahrt, sodass es für Jule nicht einfach war, sich Gehör zu verschaffen: »Aber wie schaffen wir das? Wir sind uns doch einig, damit die den Hebel umlegen, brauchen wir ein Druckmittel, oder anders gesagt, die Stadtverwaltung braucht Feuer unterm Hintern.« Doch sie musste einsehen, dass ihr Versuch, auf den Punkt zu kommen, keinen anhaltenden Widerhall fand.

»Vielleicht ist das mit dem Pinkeln gar keine schlechte Idee«, ulkte Daniel.

»Wie soll das gehen?«, war Willys Frage.

Grinsend fuhr Daniel fort: »Wir stellen uns zu dritt vor dem Schwimmbecken auf, holen unseren Pimmel raus und lassen es laufen.«

»Ich bin kein Exhibitionist. Und zudem, was hätten wir dabei gewonnen?«, war Willys teils entrüstete und zugleich amüsierte Reaktion.

Noch ging es eine ganze Weile munter hin und her. Am Schluss war eine Lösung, wie sie Druck machen könnten, nicht wirklich in Sicht.

Dumme Fragen gibt es nicht

Beim Abendessen erinnerte sich Willy, wie sein Vater schon vor Wochen beim Verlassen der Wohnung gesagt hatte:

»Jetzt bin ich mit meinem Latein am Ende.« Sein Vater war, wie er wusste, ehrenamtliches Mitglied des Stadtrates. Willy konnte sich darunter nicht wirklich etwas vorstellen. So viel war jedoch gewiss, über bestimmte Entscheidungen wurde im Rathaus abgestimmt. Doch wie war die Beschlusslage? Selbst für die Kreiszeitung schien das Thema Wärmenetz erledigt zu sein. Mit Fragen wollte sich Willy vorsichtig, aber nicht verdächtig weit vorwagen.

»Paps, wie kriegen wir die Politiker dazu, etwas für die Umwelt zu tun. Wir, die Jugend, die meisten Bürger, wollen mehr.«

»Darüber machen sich die klügsten Köpfe Gedanken. Ein Patentrezept gibt es nicht. Wir alle verändern unser Verhalten nicht von allein. Zum Beispiel durfte in Gasthäusern oder in der Eisdiele, als du noch kleiner warst, geraucht werden. Dann kam das Rauchverbot in öffentlichen Räumen. Ein Gesetz änderte das Verhalten der Raucher. Beim Umgang mit Energie in unserer Stadt braucht es kein Gesetz. Der Bürgermeister kann vorangehen, ein Vorreiter sein, damit die Menschen sich engagieren, sich selbst klimafreundlich verhalten. Daher wollte ich, dass die Erneuerung der Energieversorgung in den Verhandlungsraum der Stadtverwaltung vordringt und nicht auf die lange Bank geschoben wird. Aber der Finanzausschuss hat Argumente dieser Art weggewischt. Du siehst«, fuhr sein Vater fort, »manchmal braucht es Mut und Weitblick von den Politikern, damit sie notwendige Schritte einleiten.«

Etwas mehr hatte er sich von der Antwort seines Erzeugers erhofft, deshalb erwiderte Willy: »Eindeutig, es fehlt der Druck von der Straße.« Auf seine etwas fordernde Bemerkung reagierte seine Mutter: »Ja Willy, gerade wenn es um alltägliche Dinge geht, ich denke an Plastikmüll. Hier ist die Politik gefragt, aber die kann es nicht alleine richten, wir Verbraucher müssen mitziehen.«

So befeuerte seine Mutter das Thema in eine andere Richtung, ohne dass sie ahnen konnte, warum Willy gerade den Druck von der Straße erwähnt hatte. Natürlich lag die Frage, wo die Klimabewegung der Älteren bliebe, auf seiner Zunge, doch es war nicht der richtige Zeitpunkt. Erst mussten sie selbst etwas vorweisen.

Aufbruch

Willy: »Heute findet durch die Erderwärmung, in menschlichen Zeiträumen gesehen, eine irreversible Veränderung statt. Dieser Wandel muss in den Köpfen der Menschen ankommen. Doch wir sind erst am Anfang.«

Aktion rotes Wasser

»Am Wollen fehlt's uns nicht! Aber an Schneid?« Als Angsthasen waren sie jedenfalls nicht aufgefallen. »Doch was ist mit dem klugen Kopf hier im Hause«, fragte sich Willy, als er in seinem Zimmer herumrätselte, wie sie die Stadtverwaltung unter Druck setzen könnten. Die Sache mit dem Pinkeln wäre eine Idee für ein Comic, aber in der Realität ein Witz. Sein Zimmer lag oben unter dem Dach mit viel Stauraum unter den schrägen Wänden. Die Regale waren randvoll, auch mit Kleinkram. Er konnte einfach nichts wegwerfen. Höchste Zeit, dachte er, da müsste dringend jemand, der dazu fähig ist, aussortieren. Aus einem Stapel verschiedener Kartons zog er seinen Chemiebaukasten hervor. Seit unendlicher Zeit hatte er ihn nicht mehr in den Händen gehabt. Mit Wehmut erinnerte er sich daran, als er an seinem zehnten Geburtstag das erste Mal Reagenzgläser über den Bunsenbrenner gehalten hatte. Und da war auch das rote Döschen! Es war noch halb gefüllt mit den metallisch schimmernden tiefpurpurfarbenen Kristallen. Warum war ihm das nicht schon lange eingefallen? Wie Schuppen fiel es ihm von den Augen. Das wars. Sie mussten nicht pinkeln. Mit den Kristallen war das Klima-Quartett im Besitz einer genialen Farbenproduktion. Sie konnten das Wasser des Schwimmbads in eine rote Suppe verwandeln. Blutrot, er hörte bereits den Lautsprecher:
»Bitte verlassen sie schnellstmöglich das Schwimmbecken!«
Die Aufmerksamkeit wäre ihnen gewiss, wenn auch nicht auf Anhieb die Zustimmung für ihre Aktion. Auf einem Flugblatt müssten sie erklären, was sie erreichen wollten. Doch welcher Gesundheitsgefahr wären die Menschen ausgesetzt, die sich im Schwimmbecken aufhielten? Noch waren viele Einzelheiten nur diffus in seinem Kopf vorhanden. Sie mussten sich treffen. Seine SMS-Botschaft an das Trio war daher kurz und bündig:

»Idee in Sicht, Treffen bald!« Schon an nächsten Tag war das Klima-Quartett erneut bei der stillgelegten Kegelbahn versammelt.

»Schieß los, spann uns nicht länger auf die Folter«, war der allgemeine Tenor, »wie sieht deine Idee aus?« Willy zeigte auf eine Glasflasche und das rote Döschen mit den purpurfarbenen Kristallen. Er füllte die Flasche mit Wasser, gab wenige Krümel des kristallinen Salzes dazu, schüttelte ein paar Mal kräftig. Gebannt blickten alle auf die Flasche. In Sekundenschnelle verwandelte sich das klare Wasser in der Flasche in eine blutrote Flüssigkeit.

»Nur Dracula würde nicht reißausnehmen«, war Daniels zutreffende Einschätzung. Und Willy ergänzte: »Es ist ja nicht schwer, sich vorzustellen, was passiert, wenn nicht nur ein paar Kaliumpermanganat-Krümel, sondern eine größere Menge im Schwimmbad an verschiedenen Stellen das Wasser blutrot färben. Wer würde da noch im Wasser bleiben?«

»Angenommen, die Menschen verlassen das Schwimmbecken, was haben wir gewonnen?« Eine naheliegende Frage von Jule, die sich nun alle stellten.

»Ich weiß, ihr habt ja recht, ein leeres Schwimmbecken ist erst der Anfang. Entscheidend ist, was danach passiert. Keine Sorge, mein Hirn wird dafür eine Lösung finden. Aber so viel ist schon klar: Ohne eine ausgefallene Aktion kriegen wir unsere Botschaft nicht unters Volk, und nur so können wir Druck machen.«

»Willy, weißt du, was mich stört? Du sprichst von deinem Hirn, fiel mir nur mal wieder auf. Ich reagiere allergisch, weil du unter der gleichen Krankheit leidest wie mein Bruder. Bei ihm sage ich schon lange nichts mehr. Doch vergiss es! Das heißt – besser nicht«, knurrte Daniel.

»Ach«, mehr kam von Willy zu seinem eigenen Erstaunen nicht, während er dachte, jetzt bloß keine Wortgefechte auf einem Nebenschauplatz! Ganz falsch liegt Daniel nicht. Dennoch fragte er sich, warum kommt der Vorwurf gerade von ihm. Ist er selbstloser? Als Fußballspieler zumindest nicht, von seiner Mannschaft wird er ermahnt, er müsste lernen, rechtzeitig den Ball abzuspielen. Bei Marko bin ich mir sicher, er ist anders. Er ist zurückhaltender als ich, er sagt nichts, guckt einen im äußersten Fall, wenn er sich ungerecht behandelt fühlt, böse an. Entscheidend ist, dass Daniel in unser Klima-Quartett eingestiegen ist, spricht für sich. Bei manchen seiner Fußballfreunde riskiert er, in eine Schublade als kauziger Super-Öko gesteckt zu werden.

Daniel hatte von Willy offensichtlich keine weitere Reaktion erwartet, denn er war bereits fortgefahren: »Aber ist es nicht etwas dünn was wir über diese Kristalle wissen, außer, dass sie blutrote Farblösungen bilden können? Ich möchte mir kein Trainingsverbot oder gar Spielverbot einhandeln. Das Schwimmbad und der Fußballverein gehören zusammen. Wir müssen einkalkulieren, dass jemand vor Schreck einen kräftigen Schluck von diesem Zeug zu sich nimmt. Wir wissen nicht, wie sich das auswirken kann!«

Sehr schnell war allen klar, dass sie über diese Gefährdung nicht ausreichend Bescheid wussten.

Sie stimmten jedoch überein, dass von ihrer Aktion ein Signal ausgehen musste.

»Es muss«, hakte Jule ein, »vor allem eins leisten: Wachrütteln! Die Schwierigkeit ist: Das «Spucki« sendet kein Alarmsignal. Nach außen ist alles bestens. Wir selbst hatten unser Schwimmbad nicht auf dem Schirm. Wer interessierte sich schon für die Zusammensetzung der Atmosphäre? In diesem Zusammenhang schon gar nicht. Oder nehmen wir wahr, dass der Gehalt des Kohlendioxids in der Atmosphäre stetig ansteigt. Selbst die Wachstumsrate nimmt weiterhin zu. Die trügerische Ruhe müssen wir stören. Zu viele machen weiter, wie es unser «Spucki« bis heute macht. Treibhausgase werden in der Atmosphäre abgeladen.«

»Was meinst du mit «abgeladen?«, fragte Marko. »Was geschieht mit dem Kohlendioxid, das wir, oder wer auch immer, freisetzt?«

»Über die Verteilung zwischen Atmosphäre, Biosphäre und Böden wissen wir inzwischen ganz gut Bescheid. Soweit ich weiß, nehmen die Weltmeere und die Landökosysteme einen Teil des gesamten Kohlendioxidausstoßes auf. Daher gelangt dank dieser großen CO_2-Speicher nur der Rest des weltweit freigesetzten Kohlendioxids in die Atmosphäre. Für die Erderwärmung ist dieser Anteil in der Atmosphäre entscheidend. Das dort verbleibende CO_2 wirkt als Treibhausgas, indem es, Sonnenkollektoren ähnlich, Sonnenenergie aufnimmt und diese an die Umgebung abstrahlt.«

»Also der sogenannte Treibhauseffekt!«

»Ja, dieser Effekt ist für unser Leben wichtig. Ohne ihn wäre unser Planet eine nackte, unwohnliche Kugel.«

»Wenn zu viel Gas freigesetzt wird, wie schon seit längerer Zeit, kehrt sich also der positive Effekt in das Gegenteil um.«

»Mittlerweile sind wir weltweit bei jährlich ungefähr 20 Milliarden Tonnen Kohlendioxid, das in der Hauptsache aus der Verbrennung fossilen Kohlenstoffs stammt, angekommen. Das sorgt dafür, dass die Erde mehr Energie aufnimmt als sie ins Weltall abstrahlt.«

»Damit ist die Geschichte nicht zu Ende, sondern sie nimmt ihren Anfang?«, war erneut die Frage an Jule, die wieder einmal mit Vergnügen ihre theoretischen Kenntnisse auspackte.

»Die Berechnungen der Atmosphärenforscher zeigen jedenfalls, dass ein Kohlenstoffdioxid-Molekül, das bei der Verbrennung entsteht, eine hohe Verweildauer in der Lufthülle unseres Planeten hat. Die Klimaforscher sprechen von mehr als einem

Jahrhundert, deshalb lässt sich die Erderwärmung kurzfristig nicht abstellen, nur abschwächen«, fügte Jule hinzu.

»Das bringt uns zurück auf unser Problem«, schaltete sich Willy ein, »wir sind treibhauswirksam, solange wir die Quellen, aus denen Treibhausgase strömen, nicht zumachen. Das haben wir kapiert. Wie aber machen wir einen wirksamen Protest? Es geht bei uns doch um die Frage, was lösen wir mit unserem Alarm aus. Es ist sonnenklar, niemand darf durch das rot gefärbte Wasser in Gefahr gebracht werden, was wir auch immer bei unserer Aktion machen.«

Marko, für den es naheliegend war, die rote Flüssigkeit mit der Behandlung seiner Entzündung in Verbindung zu bringen, fragte, um sicher zu sein:

»Es war doch diese Flüssigkeit, die bei mir angewandt wurde. Wisst ihr noch? Zu Beginn der Ferien hatte ich eine Infektion an meinem Bein, das furchtbar juckte. Wenn diese Kristalle zur Behandlung von Entzündungen gut sind, sind sie vielleicht gar nicht derart giftig.«

»Das ist hoffentlich so, sonst haben wir ein Problem. Eine Schwierigkeit ist auch, dass die Menge an Kaliumpermanganat, die in meinen Vorräten vorhanden ist, nicht ausreicht.«

Sie gingen zu ihren Fahrrädern, als Willy meinte: »Mehr ist im Moment wohl nicht zu holen.«

Noch immer waren die Temperaturen hochsommerlich, wenn auch nicht mehr wie zu Beginn der Ferien. Doch ein Besuch in der Eisdiele war schon eingeplant. Als sie sich verabschiedeten, versetzte Jule Willy einen Klaps und bemerkte anerkennend: »Noch sind wir nicht startbereit, aber ich glaube, der Knoten ist geplatzt!«

Schmerzhafte Erkenntnis

Zu Hause in seinem Dachzimmer setzte sich Willy an seinen PC und googelte, wie er an Kaliumpermanganat über eine Online-Bestellung rankäme. Doch je mehr er sich vertiefte, wurde klar, der Handel hatte eine unüberwindbare Hürde eingebaut. Für den Versand des Kaliumsalzes an Jugendliche besteht eine Sperre. Verflixt, dachte Willy, manchmal ist das noch nicht Erwachsensein echt störend. Um einen Tumult im Wasser zu erzeugen, der länger anhält als eine Ampelschaltung, müsste eine größere Fläche rot gefärbt sein. Nach seiner ersten Abschätzung bräuchten sie beträchtliche Menge an Kaliumpermanganat. Er hatte nur einen kleinen Rest übrig. Hatte sein Vater nicht angedeutet, dass er immer einen Vorrat davon besäße? Doch heimlich davon etwas zu entnehmen, war keine Option. Was er bei den Sicherheitshinweisen auf einer Chemieplattform las stimmte ihn ebenfalls nicht gerade hoffnungsvoll. Es wurde zwar angegeben, dass medizinische Anwendungen möglich seien, aber gleichzeitig gewarnt, dass es bei einem Kontakt zu Verätzungen kommen könne und eine Aufnahme über den Mund unter allen Umständen zu verhindern sei. Was zum Teufel bedeutete in diesem Fall »medizinische Anwendungen?« An dieser Stelle musste er fürs Erste die Segel streichen. Nach längerem Suchen auf allen möglichen Internetplattformen war er sich sicher, dass Kaliumpermanganat in stark verdünnten Flüssigkeiten medizinisch eingesetzt wurde. Doch in dieser Verdünnung waren die Lösungen hellrosa. War das das Ende der Idee »Aktion rotes Wasser«? Aus blutrot wurde im Schwimmbad durch Verdünnung zwar hellrosa. Doch wie sollten sie erreichen, dass einerseits das farbige Wasser einen Aufruhr auslöste und andererseits ungefährlich wäre? Beides gleichermaßen zu bewerkstelligen, schien nicht möglich zu sein. Zu allem Übel: Kaliumpermanganat durfte nicht in die Umwelt gelangen!

Diesen Frust musste er loswerden. Er stand auf, ging in seinem Zimmer auf und ab. Seine Idee war ihm plausibel erschienen, eine sichere Sache. Die PlayStation war kein Ausweg, sie vertiefte seine Niedergeschlagenheit nur noch mehr, dort agierten Helden, und er fühlte sich wie ein Versager. Willy klappte seinen Bildschirm zu, er wusste genug. Kaliumpermanganat mussten sie sich aus dem Kopf schlagen. Jetzt, wo es darauf ankam, hatte er sich, und damit das Quartett, in eine Sackgasse gelotst. Die Idee war von ihm ausgegangen und im Grunde genommen wollte er, dass alles bei ihm zusammenlief. Und nun das! Als Willy als Erstklässler gefragt wurde, so erzählten es ihm seine Großeltern, was er gerne werden wollte, hatte er im Brustton der Überzeugung geantwortet: »Bestimmer.«

Auch wenn er auf die Frage heute anders antworten würde, seine Neigung hatte sich nicht geändert. Aber wie schaffen sie es, als Klima-Quartett mehr als hinhaltende Antworten zu bekommen? Was bringt es, wenn Politiker sich anhören, was Jugendliche zum Klimawandel sagen, Klima-Aktivistinnen und Aktivisten loben, wenn Veränderungen ausbleiben? Würde Politik von solchen Bestimmern gemacht werden, die konsequent umsetzen, was die Klimaforscher ihnen in Abkommen raten, müssten die Menschen nicht Angst haben, auch nicht die Bewohner des Wattenmeeres vor einem Anstieg des Meeresspiegels. Doch die gängige Formel der Politik:

»Das Erreichte ist zugleich das Erreichbare«,

scheint auch in ihrer Stadt ein Mittel zu sein, um Menschen zu vertrösten. Die Stadtverwaltung, vielleicht der Bürgermeister selbst, gehören jedenfalls zu denen, die die Erledigung ihrer Hausaufgaben bis auf den Sankt-Nimmerleins-Tag verschieben wollen.

Willy blickte von oben auf die spärlich erleuchtete Straße, alles war wie immer. Er öffnete das Fenster und versuchte sich mit einem Befreiungsschrei Luft zu verschaffen. Ein lautes

«Bullshit« unterbrach die nächtliche Stille. Dennoch, es war kein Grund, sich von seinem Ziel abbringen zu lassen. Aber im Moment verspürte er nur Leere und es war ihm höchst rätselhaft, wie es ihm gelingen sollte, wie der Baron Münchhausen sich am eigenen Haarschopf aus diesem Loch herauszuziehen. Vor dem Schlafen wollte er sich entscheiden, wie es weitergehen sollte. Doch die Antwort blieb aus. Übrig blieb, darüber schlafen, aber die Voraussetzungen für einen Tiefschlaf waren nicht die besten.

Nachtaktiv: nicht nur Tiere

Am nächsten Morgen regnete es in Strömen. Die drei anderen Mitstreiter waren daher nicht begeistert, als Willy sie zu einem Eiltreffen in die Eisdiele zusammentrommelte. Dort blieb nichts anderes übrig, als die Aktion »rotes Wasser« abzublasen. Er hatte damit gerechnet, dass seine Ankündigung eine große Enttäuschung auslösen würde. Doch das Trio hörte sich seine Einwände zu ihrem bisherigen Schlachtplan an und sie gaben ihm teils zustimmend, teilweise widerwillig recht, dass sie diesen Plan vergessen sollten. Daniel ließ anerkennend vernehmen:

»Reife Einsicht! Unser Ding kann ins Negative umschlagen. Lieber keine Aktion als eine faule. Ich bin dabei, aber unser Plan muss wasserdicht sein. Ihr wisst ja, die Position in meinem Fußballverein will ich nicht gefährden. Du Willy, kannst im Notfall auf deine Erzeuger zurückgreifen, meine Mutter ackert allein. Ich darf sie nicht enttäuschen.«

Wenigstens die Sonne hatte ein Einsehen mit der kleinen Versammlung, die Wolken wurden dünner und die ersten Sonnenstrahlen zeigten sich. Marko war es diesmal, der etwas Optimismus ausstrahlte.

»Ich werde heute Abend, wenn es dämmert, zu einer Nachtwanderung hier im Stadtwald losziehen. Vielleicht habt ihr schon mal die »huh« Rufe der Waldohreule gehört. Ich habe ihren Nistplatz in einem alten Krähennest ausfindig gemacht, und dort möchte ich sie beobachten, das geht am ehesten in der Dämmerung. Der Flug der Eule ist nahezu lautlos, sie ist der leiseste Raubvogel, ihre Flügel haben eine besondere Luftdurchlässigkeit. Wie sieht es aus, wäre das nicht das Richtige, um auf andere Gedanken zu kommen für einen neuen Anlauf?«

Die Freunde wussten, Marko war seit kurzem Mitglied beim dem Umweltverband NABU und träumte davon, einmal Naturführer zu werden. Auf Daniel mussten sie verzichten, da seine eigentliche Leidenschaft den Vortritt hatte. Aber Jule und Willy fanden die Idee perfekt, vorausgesetzt, es gab keine elterlichen Einwände. Das Dauerthema Klavier stand bei Jule nach wie vor im Raum. Es war abgemacht: Treffpunkt war das »Spucki« abends acht Uhr. Inzwischen war der August zu Ende, die Phase des abnehmenden Lichts war bereits voll im Gange, ihre verabredete Zeit war gleichzeitig die des Sonnenuntergangs. Marko hatte als erfahrener Pirschgänger geraten, möglichst an dunklere Kleidung zu denken.

Im «Spucki« waren die Liegewiesen schon in die beginnende Dämmerung getaucht. Doch das Schwimmbecken war hell erleuchtet, laute Wassergeräusche waren zu hören und laute Zurufe. Das hatten sie bisher nicht mitbekommen: Wasserballmannschaften waren es, die sich nach Badeschluss unüberhörbar ihres Spiels erfreuten.

Doch schon bald, als die drei sich Richtung Waldrand bewegten, ebbten die Geräusche ab. Die beginnende Dunkelheit umfing sie. Marko, der den Weg zum Nistplatz der Waldohreule wie im Schlaf zu kennen schien, ging voran, und sie versuchten, möglichst selbst Geräusche wie das Knacken von trockenen Ästen zu vermeiden. Leise flüsternd gab Marko den beiden Begleitern zu verstehen, dass ihre größte Chance, eine Eule zu Gesicht zu bekommen darin bestünde, jagende Tiere während eines Suchflugs nach Jagdbeute dicht über dem Boden der Waldwiese zu entdecken. Gerade im Dunkeln seien sie hervorragende Jäger, bessere als bei Tageslicht. Beim langsamen Vorwärtsgehen ließ die nächtlichen Vogelbeobachter ein laut bellendes »Uäk, Uäk« zusammenfahren. Marko blieb wie angewurzelt stehen und versuchte genauer zu orten, woher das Geräusch gekommen war.

»Das bellende Geräusch, ein Alarmruf, stammt von einer Waldohreule«, flüsterte Marko, »ihr Horst befindet sich in unmittelbarer Nähe von uns.«

Eine Sternennacht – langsam wurden Sternenbilder sichtbar – die Konzentration war auf das Sehen gerichtet, die üblichen alltäglichen Gedanken verschwanden. Jedes noch so kleine Geräusch registrierten die drei Pirschgänger. Ein schnaufendes Geräusch ließ sie aufhorchen. Ein Igel, ein kleiner nachtaktiver Räuber bewegte sich bedächtig auf seiner Futtersuche in ihre Richtung. Eine willkommene Begegnung. Obwohl sie nach allen Richtungen Ausschau hielten, der erwünschte Nachtjäger ließ sich jedoch nicht sehen. Jule und Willy wollten weiter ausharren, doch Marko gab ihnen ein Zeichen zum Rückzug. Als sie sich wieder in üblicher Lautstärke unterhielten erklärte er ihnen, dass sie in der Dämmerung oder gar in der Dunkelheit keine Chance hätten, ein ruhendes Tier zu sichten, da die Tarnung der Vögel einfach zu perfekt sei. Indessen machten sich die Stadtlichter wieder bemerkbar, und das geheimnisvolle Dunkel der Waldlandschaft verschwand. Wenn auch der Wunsch, eine Waldohreule bei ihrer Nahrungsbeschaffung zu beobachten, nicht in Erfüllung gegangen war, für Jule und Willy war es ein beeindruckender Nachtausflug. Selbst als die Landschaft in tiefe Dunkelheit getaucht war hatten sie die Atmosphäre, die sie umgab, keineswegs als unheimlich empfunden. Jule und Willy verstanden nun genauer, warum Marko – für sie war er bereits ein Naturführer – Teil des Klima-Quartetts war.

Die Vergangenheit ist nicht tot

Sie alle wussten, dass der Klimawandel auch nicht vor der sie unmittelbar umgebenden Welt haltmachte. Die Aussagen von Zehntausenden von Forschern zum globalen Zustand von Klima, Natur und Artenvielfalt waren unmissverständlich. Veränderte sich selbst der natürliche Lebensraum vor ihrer Haustür? Egal, abwarten und nichts tun war absurd. Auf dem Weg nach Hause gingen sie wieder an ihrem «Spucki» vorbei. Nun war auch dort nächtliche Stille.

Willy, der Jule noch ein gemeinsames Stück ihres Wegs begleitete, wandte sich an sie: »Das Spucki ist nicht vom Tisch, daran hat sich, denke ich, nichts geändert, wenn auch die »Aktion rotes Wasser« gestorben ist. Am Montag gehts wieder los. Ich bin gespannt, was die Griffrat uns wissen lässt über unsere Fahrt an die Nordsee. Das Programm müsste jetzt stehen.«

»Auf diese Woche in Langeoog bin ich ehrlich gespannt, was kriegen wir vom Wattenmeer mit? Auf die Rundgänge im «Nationalpark Wattenmeer» mit einem Ranger hatten wir uns geeinigt. Hoffentlich klappt es auch. Ich würde schon gerne unmittelbar auf dieser Insel kapieren, was es bedeutet, wenn der Meeresspiegel ansteigt. Die traurige Wahrheit ist allerdings, der Anstieg ist nicht mehr zu stoppen.«

»Das muss bei den Inselbewohnern ein mulmiges Gefühl erzeugen.«

»Ja, umso mehr, da unsere Welt, wie sie nun einmal ist, nicht entschieden genug umsteuern wird. Bereits heute befördert der

Anstieg an Treibhausgasen den Eisschwund der Arktis und Antarktis und führt so zu einem globalen Meeresspiegelanstieg. Deshalb ist die große Frage: wie stark ist der Anstieg? Fatalerweise scheinen die Meereseismassen ein Gedächtnis zu haben. Vorgänge, die gegenwärtig ablaufen, wurden schon vor Jahrzehnten in Gang gesetzt, also Treibhausgase, die wir heute in unsere Atmosphäre ausstoßen sind mitverantwortlich für die zukünftige Entwicklung. Einer, der es wissen muss, ein bekannter Ozeanforscher, hat das in einem Interview ganz plastisch dargestellt: *»Wenn Sie einen Eisklotz aus dem Gefrierfach nehmen und ihn in Ihre Spüle legen, dann muss es nicht noch wärmer werden, sondern der Eisklotz schmilzt einfach im Laufe der Zeit ab, bis er weg ist. Und so ist es auch mit den großen Eismassen.«*

»Sind die Eismassen so etwas wie Zeitbomben? Das klingt doch so, als ob es wurscht ist, was wir tun, es ist ohnehin zu spät«, unterbrach Willy Jules bildliche Beschreibung des Abschmelzens des Eisschilds.

»Ich kenne mehrere seiner Aussagen, er heißt Stefan Rahmstorf. Er schafft es immer wieder, uns vor Augen zu führen, was auf uns zukommt. Das wäre in der Tat eine irre Vorstellung, restlos ausgeliefert zu sein. Nein, so ist es absolut nicht. Gerade zu diesem Aspekt äußert er sich eindeutig: *Wir können zwar den Meeresspiegelanstieg nicht mehr verhindern, aber das Tempo, mit dem der Prozess des Abschmelzens stattfindet, können wir beeinflussen.* Das bedeutet, sagt er, *wenn wir die Erderwärmung bei 1,5 oder 2 Grad stabilisieren, verhindern wir eine weitere Beschleunigung des Meeresspiegelanstiegs!* Diese Festlegung im Pariser Klimaschutzabkommen«, fuhr Jule fort, »ist deshalb für die Inseln und Küstenbewohner ganz besonders wichtig. Da der Meeresspiegel Jahr um Jahr ansteigt, würde ein beschleunigter Anstieg die Lage enorm erschweren. Die Nicht-Einhaltung wäre für sie eine Kriegserklärung.«

»Jule, mich würde es nicht wundern, wenn du dich später als Klimaforscherin zu Wort melden würdest.«

»Der Gedanke ist Wunschpunsch, doch ich gebe zu, er schwebt tatsächlich in meinem Kopf. Aber da fehlt noch ein kleines Stück. Zunächst wäre ich erleichtert, wenn die Erkenntnisse der Klimaforscher so schnell wie möglich hier bei uns ernst genommen beziehungsweise umgesetzt würden.«

»Aber wie reagiert die Politik auf die Mahnrufe der Wissenschaft? Die Vorschläge verstauben in den Schubladen.«

»Rätselhaft wenig! Anstatt Notbremse immer noch Zögern und Aussitzen«, antwortete Jule noch mit funkelnden Augen, bis sie merkte, dass sie wieder einmal auf Willys Fopperei reingefallen war und wieder mit sanfter Stimme: »Gemein, du turnst mich ab, wo ich gerade dabei bin, meine Motivation aufzubauen. Der nächtliche Gang mit Marko hat gutgetan.«

Als Willy zu Hause eintraf, dachte er: »Bis heute Morgen in der Eisdiele saß der Frust ja noch Meter-tief in mir. Hallo, Stunden später sehe ich die Lage zuversichtlicher. Okay, wichtig ist allein, was kommt nach einem Flop. Der nächste Versuch muss ein wasserdichter Volltreffer werden. Eigentlich weiß ich, dass an Daniels Ego-Einwand etwas dran ist. Dennoch wirkt er auf mich wie ein Reflex aus einer bestimmten Richtung, sprich älterer Bruder. Egal, ohnehin ist es besser, wenn wir die Details der Aktion zusammen ausbrüten.«

Als er mit Schwung die elterliche Wohnung betrat meinten seine Eltern: »Der nächtliche Ausflug scheint dich beflügelt zu haben.« »Oh! Ich weiß jetzt, von Marko kann ich mir eine Scheibe abschneiden, er ist ein Naturführer! Er bewegt sich nachts im Gelände, als ob es seine Wohnung wäre. Für seine Lieblingsbeschäftigung, die Beobachtung von Eulen, geht er nach Sonnenuntergang raus in den Wald. Jedenfalls war es spannend, obwohl wir Waldohreulen nicht sehen konnten, aber ihren Alarmruf haben wir gehört. Ich kenne nun ihren Schrei, ganz schön gruselig, vor allem aus der Nähe. Gute Nacht! Ich bin müde, morgen kann ich noch mal ausschlafen.«

Seine Eltern blickten sich vielsagend an. Sicherlich fanden sie die nächtlichen Streifzüge ihres Sohnes in ihre nahe Umwelt wesentlich besser als seine nächtlichen Games mit der PlayStation.

Klassenfahrt: Langeoog

Die Schüler der Klasse 9a hatten es gut getroffen. Sie saßen in einem komfortablen Großraumwagen der Deutschen Bahn und fuhren Richtung Nordsee. In der Schule waren die Ausführungen zu ihrer Klassenfahrt von Frau Griffrat und Herrn Dornbusch, ihrem Kunst- und Sportlehrer, an manchen vorbeigerauscht. Der Kopf war zu voll gewesen mit anderen wichtigeren Dingen wie den bevorstehenden Ferien. Was sie bei der Klassenfahrt, das bedeutete einer Woche Auszeit von der Schule, machen wollten, darüber hatte es Wochen vor den Ferien heftige Diskussionen gegeben.

Doch der Leitspruch: »Alles außer pauken!« wurde von den Sportfreaks der Klasse bald ersetzt durch konkrete Vorstellungen. Gewünscht wurde eine Aktiv-Klassenfahrt. Da Herr Dornbusch mit von der Partie war, konnten sie sicher sein, Surfen, Hockey und Fußball kämen nicht zu kurz. »Das ist auch drin«, hatte Frau Griffrat vielsagend argumentiert. Das Landschulheim, das sie im Auge habe, liege unmittelbar am Wasser, ausgestattet mit Sportanlagen und Surfbrettern. Ein zentraler Bestandteil der Klassenreise sei auch, eine andere Region Deutschlands kennenzulernen und zu sehen, welche Probleme der Klimawandel den Bewohnern bereite. Auf der ostfriesischen Insel Langeoog mache sich die Erderwärmung seit einiger Zeit bemerkbar. Dort könnten sie direkt mitbekommen, sich selbst überzeugen, was es bedeutet, wenn sich das Klima im Wattenmeer verändert. Vorgesehen sei daher auch eine Exkursion mit einem Naturparkranger, der die Insel kenne wie seine Hosentasche. Das Klima-Quartett hatte sich für diese Reise ins Zeug gelegt und war froh, als sich am Ende die Befürworter der Nordseeinsel Langeoog durchgesetzt hatten.

Die lange Anreise vom Süden in den Nordwesten Deutschlands mit der Bahn, dem Bus zur Fähre von Langeoog, der Fähre vom ostfriesischen Festland auf die Insel und weiter mit der Inselbahn steckte allen am nächsten Morgen noch in den Knochen. Als Erstes wollten sie mit dem Fahrrad die Insel erkunden. Bis 25 Mädchen und Jungs samt ihrer Lehrerin und ihrem Lehrer beim Fahrradverleih mit dem passenden Zweirad ausgestattet waren, dauerte einige Zeit. Doch schließlich konnte es losgehen zur äußersten Spitze im Osten der Insel mit den Salzwiesen und Seehundbänken, Osterhook genannt. Frau Griffrat meinte, nun könne sie ihnen ja gestehen, dass sie zu diesem Eiland eine besondere Beziehung habe, da sie schon als Kind das erste Mal zusammen mit ihren Eltern hier gewesen sei. Letztes Jahr im Sommer sei sie noch mal ein paar Tage da gewesen und daher auch froh, sie von diesem Ziel für die Klassenfahrt überzeugt zu haben. Hier auf den Nordseeinseln gäbe es nicht nur seltene Vögel wie die Zwerg- und Küstenseeschwalben, die nur auf den Nordseeinseln vorkämen und sonst nirgendwo in Deutschland. Mit etwas Glück bekämen sie auch dösende, sonnenbadende Seehunde mit ihren Jungen zu sehen. Doch diese scheinbar abgeschlossene, heile Welt sei in Gefahr, wie sie am besten aus sachkundigem Munde hören würden.

Unterwegs lösten diese von der Natur geschaffenen Bilder in Willy Ratlosigkeit aus. Er genoss es, mit dem Fahrrad durch die herrliche Küstenlandschaft zu radeln. Vor sich sah er immer wieder bunte Strandkörbe, dazu hörte er das Geräusch der Brandung. An manchen Stellen war die Insel so schmal, dass gleichzeitig zwei Küstenabschnitte am Horizont auftauchten. Blickte er zum ostfriesischen Festland, waren viele Windkrafträder zu sehen. In der entgegengesetzten Richtung nahm er eine hügelige Dünenlandschaft wahr, bedeckt mit Strandhafer. Ein Schutzwall, der die Insel vor den hohen Wellen der Nordsee schützt. Die Fahrt wurde immer wieder begleitet von dem schrillen Kreischen der Küstenseeschwalben mit ihrem schwarzen Käppchen und ihrem roten Schnabel, die sich im Sturzflug wie Jagdflugzeuge aus der Höhe herabstürzten. Alles, was Willy wahrnahm, sah nicht nach Gefahr aus. Ein vereinbarter Klingelton ließ die ganze Meute halt machen. Vor sich sahen sie einen gigantischen, grasbewachsenen Sandberg, die größte Düne der Insel. Treppenstufen führten in die Höhe. Eine Gelegenheit, das Eiland, das sie erforschen wollten, von oben zu betrachten. Beim Besteigen der Düne pfiff ihnen ein kräftiger Wind um die Ohren, da der höchste Punkt beachtliche 21 Meter über dem Meer liegt und der höchste Punkt der Insel ist. Zum ersten Mal hatten sie die Aussicht über die ganze Insel und den Blick auf das vor ihnen liegende Wattenmeer. Wie es glitzerte und funkelte.

Der Hunger machte sich bemerkbar. Voller Vorfreude auf das Picknick hatten sie binnen kurzem die Meierei erreicht. Der Blick auf das Wattenmeer, die mitgebrachten Picknickbrote, dazu die Dickmilch – einfach unnachahmlich. Auch Daniel, der neben Willy seine Brote verschlang, meinte: »Fast so gut wie Fußball.« Und Jule gesellte sich mit Doddo zu ihnen und sie waren einhellig der Meinung:

»Suchtpotenzial!«

Doddo war wohl auf bestem Wege, die unglückliche Geschichte mit Haribo Harry zu vergessen. Bis zu ihrem Endziel waren es nur noch wenige Kilometer, dann war die Beobachtungsplattform am Osterhook erreicht. Sie hatten Glück. Da Ebbe war, sahen sie Seehunde auf Sandbänken wie Sonnenbadende ausgestreckt vor sich liegen. Scheinbar plumpe, vor sich hindösende Sonnenanbeter, etwas Behäbiges ging von ihnen aus, sie verströmten große Ruhe. Es war abgemacht, dass sie am späten Nachmittag zurück sein würden, damit die Funsportler nicht zu kurz kämen. Doch die Rückfahrt gegen den Westwind, die sie anfangs als leichte Kraftübung ansahen, wuchs sich zu einer wahrhaften Mammutleistung aus. Das Häufchen, das seine Muskeln zum Schluss noch immer nicht genug in Bewegung versetzt hatte, war daher sehr überschaubar.

Trinkwasser in Gefahr

Nach einem Tag auf der Insel hatte sich die Klasse mit dem ungewohnten Leben in Sicht- und Hörweite mit dem Wattenmeer angefreundet. Sie alle konnten sich nicht vorstellen, dass diese heile Welt bedroht ist. Sie waren gespannt, wie die geplante Exkursion mit einem Ranger des Nationalparks ihnen die Augen öffnen würde. Dass es in dieser Naturregion unsichtbare Bedrohungen gibt, war ihnen bekannt. Riesenhafte Wellen, die weit draußen auf hoher See selbst ein Schiff zum Kentern bringen können, im Radio hörten sie immer wieder von Unwettern, Tsunamis und Wirbelstürmen, die sich in Windeseile aufbauen. Aber worin bestand die Verletzlichkeit dieser Insel? Genau hier lag das Kernstück ihrer Klassenreise. Zumindest sah es Frau Griffrat so.

»Etwas am eigenen Leib zu erfahren, geht tiefer als darüber ein Buch zu lesen«, hatte sie auf die Frage der Schüler geantwortet. Und war fortgefahren: »Wir brauchen die Erfahrung, weil sie uns emotional berührt. Wenn das eigene Bein mit Gips umhüllt ist, weiß man besser, was es heißt, sich ein Bein zu brechen.« Die Verletzlichkeit dieser Insel sei vielschichtig. Dass diese Vielschichtigkeit durch Worte nicht eingängig erklärt werden könne, wäre ein wichtiger Grund für die Klassenreise auf das Eiland. Vielleicht würden sie am Ende der Woche besser verstehen, dass das Problem der Inselbewohner uns alle betrifft.

Der größte Schatz und zugleich die größte Verletzlichkeit der Insel liegen, soviel hatten sie heute Morgen schon erfahren, unter den Dünen Langeoogs, genauer dort, wo sie gestern mit dem Fahrrad entlanggefahren waren, hinter dem sandigen Schutzwall im Pirolatal. Dort waren sie mit dem Nationalpark-Ranger Jochen Runar verabredet. Er wollte ihnen erklären, was es mit diesem Inselschatz auf sich hat und warum die Bewohner Langeoogs sich Sorgen machen müssen. Vor allem Marko war es, der mit einer bestimmten Erwartungshaltung dieser Exkursion entgegensah. Das Rätsel um die Verletzlichkeit der Insel war eine Sache. Aber Ranger werden war genau das, was er wollte. Sein Traum, als Naturschützer den ganzen Tag draußen in der Natur zu sein.

Am verabredeten Ort wartete schon ein freundlich dreinschauender kräftiger Mann mit langen grauen Haaren auf sie und sagte, nachdem er sie begrüßt hatte: »*Als ich 2015 Ranger geworden bin, ist für mich ein Kindheitstraum in Erfüllung gegangen.*« Dort, wo sie sich nun befanden, hatte sich im Laufe der Zeit im Untergrund eine sogenannte Süßwasserlinse ausgebildet. Da die Schüler*innen sich darunter zunächst nicht wirklich etwas vorstellen konnten, erklärte er ihnen, dass es sich dabei um einen gigantischen Süßwasservorrat handelt. Dieses Reservoir an Trinkwasser wird allein vom Regen gespeist. Nun, in den Dünen, an Ort und Stelle, konnten sie sich schon besser vorstellen, wie solche Süßwasserlinsen entstehen, wenn genügend Regenwasser langsam durch den Sand sickert und sich auf der Salzwasserschicht sammeln kann. An diesem Punkt allerdings blickte Jochen Runar auf viele fragende Gesichter. Er wusste schon: schwimmendes Süßwasser auf Salzwasser stößt auf Skepsis. Da das Salzwasser eine höhere Dichte hat, ist es schwerer und das Süßwasser befindet sich wie ein Deckel oben. Und wie bei der Suppe, beim Rühren mit dem Esslöffel, kommt unten und oben durcheinander. So ist auch die Schichtung der Linse leicht verletzlich. Sollte es zu einer Verwirbelung von Süß- und Meerwasser kommen, wäre das Trinkwasser für die nächsten 150 Jahre unbrauchbar. Das klang dramatisch. Hinzu kommt: Die Linse ist die einzige verfügbare Frischwasserquelle. Wasserleitungen zum Festland gibt es nicht.

»Doch was darf nicht passieren, damit es nicht zu einer Vermischung kommt und die Bewohner von Langeoog ohne Trinkwasser sind?«, war die nahe liegende Frage. Stefan Runar runzelte die Stirn unter seinem großen Schlapphut: *»Wir spüren den Klimawandel. Verlagern sich durch den Klimawandel die Regengüsse immer mehr in den Winter, werden die Sommer immer heißer und trockener, dann bekommt die Süßwasserlinse während der Saison weniger Nachschub.«*

Natürlich war klar, dass im Sommer viel mehr Menschen auf der Insel sind als im Winter. Daher wird in dieser Zeit viel mehr Trinkwasser verbraucht. Ein Problem, an das alle, seit sie hier waren, beim sorglosen Duschbad bisher nicht gedacht hatten. Willy fiel in diesem Zusammenhang Lenzkirch ein. Zwar waren sie dort auch auf den Fremdenverkehr angewiesen, aber ein Wasserproblem gab es im Winter, wenn der Schnee ausblieb. Der Ranger schaute mit seinem Fernglas auf die Brandungswellen und meinte: *»Infolge des Klimawandels steigt der Meeresspiegel mehr und mehr an und die Sturmfluten erreichen eine größere Höhe. Schwappt die Nordsee über die Dünen, kann Salzwasser von oben in die Süßwasserlinse gelangen und das Trinkwasser unbrauchbar machen.«*

Nun begann die Klasse zu verstehen, warum die Lebensgrundlage der Inselbewohner in Gefahr ist. Wie lange sie noch aus einer Süßwasserlinse werden trinken können, weiß jedoch niemand. Doch um ihre Lebensgrundlage sind sie bereit zu kämpfen. Um zu verdeutlichen was es heißt, den Kampf gegen die Energie der Meereswellen zu führen, gingen sie weiter in Richtung Strand. Der Ranger zeigte auf die Erhebungen aus Sand:

»*Wenn wir die Dünen sich selbst überlassen, werden sie uns nicht schützen.*« Dabei zeigte er auf verschiedene Sandbaustellen. Hier wurde die Küste mit einer unvorstellbaren Masse Sand – er sprach von 600 Tausend Kubikmetern – verstärkt. Über ein deutlich zu hörendes Tü-ip! Tü-ip!, das von einem kleinen Vogel stammte, schien Stefan Runar besonders erfreut zu sein. Sandregenpfeifer, um die er sich spürbar sorgte. Es sind Strandbrüter, die ihre Eier im Sommer in den Sand zwischen die Muscheln legen und sie dort ausbrüten. »*Wenn der Meeresspiegel ansteigt, werden die Eier der Vögel aufs Meer getrieben*«, erklärte er. Das war eine düstere Aussicht. »*Auf den Nachbarinseln ist das im vergangenen Sommer schon geschehen. Das bedeutet, wenn das auf Langeoog geschieht, ziehen die Vögel auch fort.*«

Ein Name hat es in sich

Am Abend hatte sich noch eine kleine Gruppe um Frau Griffrat draußen in einer windgeschützten Ecke des Schullandheims versammelt. Vom Meer hörten sie nur die Brandung, das gleichmäßige Rauschen der Wellen. Von dem nahegelegenen Festland waren die Lichter zu sehen. Daniel meinte:

»Etwas läuft schief, denn die Menschen hier, oder einmal ihre Kinder, löffeln aus, was sie am wenigsten eingebrockt haben. Selbst Autos gibt es auf der Insel nicht. Eigentlich müsste der Ranger oder der Bürgermeister rote Karten verteilen können.«

»Daniel, deine Idee ist höchst zeitgemäß,« hakte Frau Griff-trat ein. »Denn etwas Vergleichbares wie diese Karte im Fuß-ball gibt es auch im zivilen Leben. Dort sind es die Gerichte, die eingreifen können. Heute Nachmittag kamen wir an dem Restaurant auf der Anhöhe vorbei, dem «Seekrug«. Der Be-sitzer hat sich an einer Sammelklage gegen die EU beteiligt.«

»Klingt gut«, meinte Daniel, »aber was kann für den Restau-rant-Besitzer dabei rausspringen?«

»Rausspringen könnte«, antwortete Frau Griffrat, »dass un-sere Klimaziele effektiver umgesetzt werden und die Treib-hausgasemissionen gesenkt werden. Dem Restaurant-Besitzer geht es letzten Endes um seine und die Zukunft seiner Kinder. Dabei auch um das Trinkwasser.«

Jule, die nur halb zugehört hatte, war mit ihren Gedanken immer wieder bei den Vögeln, die am Strand ihre Eier legen und dort ausbrüten. Allein der Name »Sandregenpfeifer« hatte es in sich, enthielt doch der Name dieser schönen kleinen Vögel zwei wesentliche Bestandteile von Langeoog, nämlich Sand und Regen, die für den Erhalt des Trinkwassers auf der Insel entscheidend sind. Tü-ip! Tü-ip! Das ist ein Mahnruf dieser kleinen Inselbewohner an die Menschen.

»Das Schicksal der Insel geht mir nicht aus dem Kopf«, er-klärte Jule. »Vor allem wüsste ich gerne, wie sich die Erderwär-mung auf den Meeresspiegelanstieg für die Insel auswirkt.«

»Jule, eine konkrete Antwort wäre nur möglich, wenn es dazu Forschungsergebnisse für diese Insel gäbe. Eine Freundin von mir arbeitet an der Universität in Hamburg. Dort wird unter-sucht, wie sich der Klimawandel auf den Alltag der Küsten-bewohner der Nord- und Ostsee auswirkt. Sie sagte mir, dass die Schutzmaßnahmen als Folge des Meeresspiegelanstiegs immer notwendiger werden. Doch zu deiner Frage hat sich erst kürzlich der Weltklimarat geäußert. Natürlich nicht spe-ziell zu Langeoog, sondern global. Darin haben die Forscher ihre Prognosen zum Anstieg des Meeresspiegels noch einmal drastisch erhöht – um mehr als einen Meter könnte er bis 2100 steigen. Bei einem halben Grad weniger Erderwärmung wäre weltweit der mittlere Meeresspiegelanstieg bis 2050 etwa zehn Zentimeter geringer.«

Marko, der mit seiner Hand Richtung Meer zeigte, meinte: »Frau Griffrat, was sagt uns ein mittlerer Meeresspiegelanstieg von 10 Zentimetern? Wenn sich in unserer nächsten Biologiearbeit der Mittelwert der Klasse um eine Note verbessert hat, weiß ich auch nicht, wie ich dastehe. Ich wüsste gerne, sind die Eier der Sandregenpfeifer dann noch da oder sind sie im Meer?«

»Marko, ich sehe dein Herz schlägt für die Natur. Ihr seid noch jung und ich denke, ihr stellt auch die richtigen Fragen. Das lässt mich hoffen. Aber ihr wisst, überall, im Energiebereich, in der Landwirtschaft, im Verkehr, in der Stadt sind schnelle Transformationen erforderlich, um durch Treibhausgasreduktionen das 1,5-Grad-Ziel noch einzuhalten. Der Weltklimarat sagt konkret, wie der Kohlendioxidausstoß bis 2030 reduziert werden muss. Selbst wenn die Weltgemeinschaft es schaffen würde, die Erderwärmung auf 1,5 Grad zu begrenzen, würde das bereits für die Ökosysteme eine Belastung bedeuten. Also auch für die Meere.«

Die kleine Gruppe sah über sich den Sternenhimmel, sie blickten in Sterne, die so hell leuchteten, als wollten sie ihnen eine Lichtbotschaft zukommen lassen. Willy, der die ganze Zeit schweigend zugehört hatte, hing seinen Gedanken nach: »Die Insel, das Leben hier, ist anders als auf dem Festland, als zu Hause, doch mein Blick auf das Klima-Quartett hat sich nicht verändert. Eines steht fest: Zusammen können wir etwas auslösen. Marko ist auf dem Weg zum Naturschützer, im Grunde ein Typ wie der Ranger. Mit beiden Beinen auf dem Boden. Dazu Daniel, im entscheidenden Moment, wenn es darauf ankommt, ein richtiger Kumpel, er ist spontaner, einfach ein Libero, es darf nur nicht ans Eingemachte gehen. Jule sorgt für den Zusammenhalt, sie kittet uns zusammen. Ihre Entschlossenheit – meist himmelhoch – manchmal neigt sie dazu, zu viel zu wollen. Wir hängen uns rein, auch um ihr zu gefallen, nicht nur ich. Oft hat sie mehr Durchblick, Druck machen und drängeln ist nicht ihrs. Und ich, die Sache mit der Geduld ist nicht meins. Wenn es nur ohne das ewige Reden ginge, bis etwas passiert. Es wäre schon cool, wenn wir das hinbekämen.« Zurück im Haus – in ihrem Mehrbettzimmer war schon ein Anflug von Nachtruhe bemerkbar – murmelte er wie zur eigenen Versicherung: »Die Botschaft ist angekommen. Klima-Quartett, jetzt sind wir dran, mach was!«

Dokumentarisch oder künstlerisch

Irgendwie schien die Ruhe, die die Insel ausstrahlte, auch auf die Schüler*innen übergegangen zu sein. Es war schon auffallend, wie sich das gewohnte Erscheinungsbild einzelner Schüler*innen – Kopfhörer auf, Hände in den Hosentaschen – plötzlich veränderte. Vielleicht lag's auch an der Art, wie Herr Dornbusch sich auf sie einstellte. Sie fanden, er sei ein cooler Typ. Wenn er morgens in der Schule ankam mit seinen schwarzen Jeans, seinen halblangen Haaren, würde er auf Anhieb nicht als Pauker taxiert werden. Zu ihm bestand ein Draht. Sie wussten, wie er reagieren würde, wenn sie einen Zacken zu weit gegangen waren. Alle Achtung, dass er manchmal selbst in solch einem Moment über einen guten Spruch von ihnen lachen konnte.

Am nächsten Morgen beim Frühstück erfuhren die Schüler*innen von Herrn Dornbusch, dass heute Sport, also Hockey, Fußball oder Strand und Schwimmen auf der Tagesordnung stünde. Sie könnten sich frei entscheiden. Aber er müsste informiert werden, wie ihre Entscheidung ausfiele. Morgen, am letzten Tag, sei eine Fotowanderung vorgesehen. Das Fotografieren stünde im Vordergrund, aber das Sehen, Wandern und Fotografieren sollte miteinander verbunden werden. Ausgangspunkt sei das Pirolatal, also dort, wo sie am Tag zuvor gewesen waren. Es gäbe an interessanten Stellen immer wieder Fotostops. Jeder sollte aber selbst schauen, wie er bestimmte Themen umsetzen wollte. Sehr schön wäre es, wenn sie es fertigbrächten, bei den Fotos einen dokumentarischen oder künstlerischen Aspekt sichtbar werden zu lassen. An dieser Stelle wurde Herr Dornbusch von Ludo unterbrochen. Er nahm gerne die Rolle eines Klassenclowns ein. Deshalb kicherten manche Mädchen schon, als er fragte:

»Herr Dornbusch, ich mache am liebsten Selfie mit unseren hübschen Mädchen. Wenn ich auf dem Selfie noch eine Küstenseeschwalbe einfange, wäre dieses Foto doch dokumentarisch, oder?«

Herr Dornbusch ließ sich nicht von seinem Thema abbringen, als er antwortete: »Ludo, in der Schule ist eine Fotoausstellung geplant. Dort besteht die Chance, sich als vielversprechendes Fototalent zu präsentieren. Die drei besten Fotos von jeder Gruppe werden prämiert. Also streng dich an.«

Mit dem Fototermin konnten nicht gleich alle etwas anfangen. Als sie aber merkten, dass sie ihre Umgebung anders wahrnahmen, wie sich die Dünen durch den Wechsel von Licht und Schatten veränderten, wie der Wind mit dem Sand spielte, waren viele angetan und gespannt, was sie und die anderen Mitschüler aus der Fotosession machen würden. Auf der Suche nach einem guten Motiv hatte Willy sich von der Gruppe etwas absentiert. Er stand zweifelnd vor einer Düne mit Strandhafer. Hatten sich zwischen dem Hafer große Büsche mit Kartoffel-Rosen breitgemacht? Irgendwo hatte er gelesen, dass die Kartoffel-Rose zu den Pflanzen gehört, die sich auf Kosten einheimischer Flora ausbreitet, sie also in der langen Liste der sogenannten Neophyten auftaucht. In Dünenlandschaften wird sie nicht gerne gesehen. Ein von außen eingeschleppter Eindringling, ein ungebetener Gast, der bei veränderten Umweltbedingungen auch hier gedeiht und einer der Gründe für den Verlust biologischer Vielfalt ist. Sie hier vorzufinden war zweifellos die halbe Miete für ein Foto, das es schaffen könnte, prämiert zu werden.

Bei der langen Rückreise, die laut Plan in aller Frühe startete, gab es ausreichend Gelegenheiten, sich die Kunstwerke der anderen anzusehen. In der Woche waren sie zusammengerückt. Die Klassenfahrt wirkte wie Klebstoff. Schon morgens im Speisesaal war im Laufe der Woche mehr und mehr spürbar geworden, die ICH-ICH-Mitschüler gab es immer weniger.

Im Zug stand Willy ungewollt, aber unausweichlich im Mittelpunkt. Seit heute war er mit allem, was zu ihm gehörte, also mit Haut und Haaren, fünfzehn Jahre alt. Ludo sang mit Gitarrenbegleitung und großer Mitwirkung, vor allem der Mädchen, das etwas abgewandelte Lied von Ray Charles: »We can't stop loving you«. Als ihn Jule und Doddo aufforderten, seine Hände zu öffnen und einen getrockneten Seestern in jede Hand legten, riefen die spürbaren emotionalen Wellen auf seinen Wangen eine sachte Rotfärbung hervor. Eine Gefühlsregung, die er, vor allem da nun alle Augen auf ihn gerichtet waren, so schnell wie möglich zum Verschwinden bringen wollte. Ein Reflex, so unnötig wie Milchzähne.

Willy schweifte mit seinen Gedanken ab, sie eilten voraus. Heute Abend, wenn er sich nicht total groggy fühlte, würden seine Eltern mit ihm auf sein gerade begonnenes Lebensjahr anstoßen. Während der Klassenfahrt war Alkohol tabu. Ihr Versprechen, das sie noch in der Schule Frau Griffrat und Herrn Dornbusch gegeben hatten, hatten sie eingehalten. Einmal hatten sie mit ein paar Jungs aus der Langeooger Inselschule Bier getrunken. Zur Besiegelung ewiger Freundschaft. «Natürlich« war es alkoholfrei gewesen. Es waren besondere Tage. In der kurzen Zeit war zu der Insel eine emotionale Verbindung entstanden. Unterwegs hatten sie eine Resolution an die Inselschule in Langeoog getwittert und darin ihre Verbundenheit mit der Insel zum Ausdruck gebracht. Zumindest in diesem Moment waren sie alle Klimaschützer in spe auf der Rückfahrt in den vor ihnen liegenden Schulalltag.

Geburtstagsrunde eins

Willy war todmüde, als er noch einen Blick auf seinen Geburtstagstisch warf. Vor der Klassenfahrt hatte er öfters davon geredet, mit Daniel und Jule zusammen joggen zu wollen. Daniel hatte ihn auf diese Idee gebracht, als er ihm vorschwärmte, es gäbe nichts Geileres als völlig ausgepumpt unter der Dusche zu stehen. Willy dachte unwillkürlich an seine fehlende Kondition während der Holzarbeit mit seinem Großvater. Er freute sich, dass seine Eltern an neue Joggingschuhe gedacht hatten, und konnte sich nicht verkneifen, trotz seiner Müdigkeit im Flur eine Runde auf und ab zu rennen.

Gleich am nächsten Tag verabredete Willy sich mit Jule und Daniel zum Joggen. Marko war nicht mit von der Partie, er verzichtete. Nach einer Woche Abwesenheit gab es nichts Wichtigeres als die Waldohreulen, das hatte er unmissverständlich zum Ausdruck gebracht. Nach schwerem Verzicht sah es jedoch nicht aus. Um sieben Uhr abends wollten sie sich treffen. Sie hatten dann genügend Zeit, bis es dunkel wurde. Der Sonnenuntergang war allerdings jetzt schon spürbar früher. Daniel spottete: »Lasst uns mal, ihr Konditionszwerge, bescheiden beginnen. Ich schlage vor, wir starten am Schwimmbad Richtung Wald.«

Als sie mit ihrem Lauf begannen, waren Jule und Willy gespannt, wie fit sie waren. Mit Daniel wollten sie sich ohnehin
nicht messen. Die Strecke führte sie zunächst auf einer asphal-
tierten Straße, dann jedoch auf mit Moos und Tannennadeln
gepolsterten Waldwegen. Sie bewegten sich mit gleichmäßi-
gem Tempo, nur Daniel machte immer wieder seine Intervall-
Sprints. Wie verabredet hatte die Laufstrecke für den Anfang
die richtige Länge. Als sie wieder am «Spucki» ankamen, waren
Jule und Willy zwar etwas außer Atem, aber im Grunde genommen doch angetan von ihrem gelungenen Einstieg.

Willy freute sich, die beiden zu einem nachträglichen Ge-
burtstagstrunk einladen zu können. Sie mussten sich allerdings
sputen, das Schwimmbad und der Getränkeausschank hatten
nur noch eine gute Viertelstunde geöffnet. Zitronenlimo! Sie
fanden es ein super Getränk nach ihrem sportlichen Einsatz.
Als sie sich mit ihren halb vollen Limoflaschen zuprosteten,
wurde es schon dunkel. Und vor Willys geistigem Auge tauchte
der nächtliche Pirschgang mit Marko auf. Vor allem die abendlichen Aktivitäten, die sie im «Spucki» wahrgenommen hatten.
Würden heute wieder die Wasserballer das Terrain in Besitz
nehmen? Offensichtlich war es diese Assoziation, die in Willys
Kopf einen Gedankenblitz auslöste. Ganz unvermittelt wandte
er sich an Jule und Daniel:

»Unsere Aktion ›rotes Wasser‹ geht mir nicht aus dem Kopf.
Wir haben sie abgeblasen, weil uns im normalen Badebetrieb
das Risiko zu groß wäre. Wie sähe die Sache aber aus, wenn
wir die Wasserballer ins Spiel brächten, vielmehr sie in ihrem
Spiel störten?«

Jule meinte: »Und, was stellst du dir vor, Willy? Lass uns
morgen darüber sprechen. Klingt interessant. Ich muss gleich
los, heute Abend bin ich bei unseren Nachbarn zum Babysitten
engagiert.«

Bevor auch Daniel aufbrach, sagte er noch: »Wie auch immer

deine Idee aussieht, mir ist vor allem wichtig, dass sie wasserdicht ist. Und: Dank dir für die Limo, Alter. «

Wichtige Details

Nachdem die drei sich getrennt hatten, umkreiste Willy das »Spucki« mit seinem Fahrrad. Wenn überhaupt, kam die erhoffte Erleuchtung jetzt, am vorgesehenen Ort des Geschehens. Das Schwimmbad lag am Rande der Stadt. Es war in ein großes Sportgelände eingegliedert, dazu gehörte auch Daniels Fußballverein. Um die Liegewiese des Schwimmbads führte eine kleine Asphaltstraße. Seitlich des Haupteingangs, der nach Badeschluss zugesperrt war, gab es ein ebenfalls verschlossenes, höheres Gittertor, das, so vermutete Willy, nur von den Gärtnern des Schwimmbads benutzt wurde. Das Ganze war in Sichtweite einer beginnenden Waldung. Das Gittertor selbst lag direkt zum Wald hin. Durch diese abseits gelegene Zugangsmöglichkeit bestünde die Chance, nach Badeschluss auf das Gelände und an das Schwimmbecken zu gelangen. Bereits jetzt waren der Parkplatz und der Platz für die Fahrräder, von denen am Tage unzählige abgestellt waren, menschenleer. Willys Smartphone klingelte. Seine Großeltern wollten ihm nach mehreren Anläufen zu seinem Geburtstag gratulieren. Seine Großmutter fragte:

»Willy, ist alles in Ordnung?« Er war so vertieft gewesen, dass er offensichtlich etwas gedankenverloren wirkte. »Ach Großmutter, ich bin unterwegs, ich habe gerade meine neuen Joggingschuhe eingeweiht. Ich habe euch von Langeoog eine Karte geschrieben. Was du schon angedeutet hattest, die Insel bekommt wegen des Trinkwassers ein Problem, wenn der Wasserspiegel der Nordsee ansteigt. Wir haben das bei unserer Klassenfahrt nun selbst unmittelbar mitgekriegt. Und viel mehr, die Fahrt war grandios«, sprudelte es nun aus Willy hervor. Nachdem sie noch weitere Einzelheiten, auch über ein unerwartetes Gesundheitsproblem seines Großvaters, ausgetauscht hatten, war das Gespräch beendet. Die Holzarbeiten bei seinen Großeltern erschienen ihm als seien sie gestern gewesen. Zuletzt, als es darum gegangen war, zur Aufbewahrung des ganzen Holzes hohe Holztürme zu errichten, hatte er mithilfe einer an der Wand befestigten Strickleiter noch den letzten Meter der Scheunenwand mit Holz ausgefüllt. Das war die Lösung! Genau solch eine Strickleiter hatten sie auch zu Hause. Mit ihrer Hilfe sollte die Überwindung des Gittertors zum Schwimmbad ein Kinderspiel sein.

Wochenende! Allzu viel Zeit hatten sie nicht mehr. Im Internet hatte er festgestellt, in nicht einmal zwei Wochen war Saisonende für das Freibad. Ohnehin war das «Spucki» dieses Jahr wegen des ungewöhnlich langanhaltenden Sommers so lange geöffnet wie noch nie zuvor. Willy war erleichtert, keine unerledigten Aufgaben konnten ihn abhalten, sich mit der Lösung der Kardinalfrage zu befassen. Klar war für ihn bisher alleine: Mittelpunkt ihrer Aktion ist die Wasserballmannschaft!

Eigentlich hatte er mit Jules Unterstützung gerechnet. Die besten Einfälle kamen ihnen zusammen. Die Initialzündung, sich in Sachen Klima zu engagieren, war von Jule ausgegangen. Doch heute, sicherlich nicht unbegründet, verstand er sich als Ideengeber des Klima-Quartetts. Aussichtslos, Jule war bereits unterwegs zum Bahnhof. Ihrer Schwester, die ein Jahr als Austauschschülerin in Seattle bei einer Familie gelebt hatte, wollte sie einen gebührenden Empfang bereiten. Aber ein Anfang war gemacht. Das Gittertor dürfte kein Hindernis darstellen. Schon kurz nach Schluss des normalen Badebetriebs waren das Schwimmbecken und die Liegewiese menschenleer. Logischerweise mussten sie unmittelbar bevor die Wasserballspieler mit ihrem Spiel beginnen wollten mit ihrem Sabotagemanöver fertig sein. Leicht gesagt, aber was konnten sie inszenieren? Samstag – vielleicht gab es heute Abend eine Gelegenheit, vor dem Spielbeginn die Vorbereitung für das Spiel von außen zu studieren.

Sie mussten die Einzelheiten kennen. Eine Sache für Marko – er war geübter Späher – der von Willy nicht lange überzeugt werden musste, dass er für diese Aufgabe unverzichtbar sei. Sogar von einem Fernglas mit Nachtsicht hatte Marko gesprochen. Es war von seinem Vater, der bei der Polizei arbeitete. Als Willy ihn überzeugt hatte, warum sie möglichst alle Details der Spielvorbereitung kennen mussten, kamen zwei Autos angerollt, die tatsächlich auch auf dem Parkplatz hielten. Sie schoben ihre Fahrräder gemütlich schlendernd die kleine Straße auf und ab. Als noch weitere Autos ankamen, schlug die Hoffnung in ziemliche Gewissheit um. Heute Abend war ein Spieltermin für die Wasserballer.

Die beste Sicht auf die Ausgänge der Umkleidekabinen war von der Seite, auf der sich auch das Gittertor befand. Noch war genügend Dämmerlicht vorhanden. Die beiden schauten aus ihrer versteckten Beobachtungsposition gebannt auf mehrere langgestreckten Flachbauten. Die Fenster im Trakt der Umkleidekabinen leuchteten auf. Es war so still, dass sie die Grillen in der Wiese deutlich zirpen hörten. Eine neben den Umkleidekabinen gelegene Tür wurde geöffnet. Zwei Männer in Sportkleidung trugen die Wasserball-Tore ins Freie. Sie setzten sie am Beckenrand ab. Willy und Marko schauten gespannt auf ihre Uhr. Wie viel Zeit verging für die Vorbereitung? Nun war es wieder ruhig. Marko schätzte: »Es sind ungefähr 50 Meter bis zum Becken.« Sicherheitshalber versteckten sich die beiden hinter den Hecken, seitlich des Gittertors. Erneut wurde die Tür geöffnet. Es tauchte ein Mann im Trainingsanzug auf. In der einen Hand hatte er gestreifte Bänder, vermutlich zur Markierung des Spielfelds, in der anderen Hand ein Netz mit mehreren Bällen. Mit Stielaugen starrten sie durch das Maschenwerk des umlaufenden Drahtzaunes. Marko nahm sein Nachtsichtglas und zählte fünf Bälle. Es vergingen weitere sechs Minuten. Der Teil der Anlage mit dem Wasserbecken war plötzlich taghell erleuchtet. Mehrere Spieler mit weißen Kappen und zwei mit roter Kopfbedeckung gingen zum Schwimmbecken. Sie installierten die Tore und markierten das Spielfeld. Erneut öffnete sich die Tür der Umkleidekabine. Weitere Spieler erschienen und gingen zum Schwimmbecken.

Die beiden traten aus ihrer Beobachtungsposition. Willy und Marko nickten sich zu, sie hatten gesehen, was für ihren Plan von Bedeutung war. Kaum waren sie beim Parkplatz des Schwimmbads angelangt, hörte es sich so an, als ob das Spiel in vollem Gange wäre. Während sie mit ihren Fahrrädern nach Hause fuhren, fielen leichte Tropfen, es war eine drückende Gewitterstimmung. Das Konzert der Grillen kam Willy besonders laut vor. Frau Griffrath hatte recht, wenn sie meinte, die Grashüpfer drehen vor einem Gewitter richtig auf. Aber hatte ihre Erkundung sie entscheidend weitergebracht? Noch gab es keine zündende Idee, wie sie zumindest den gewohnten Spielablauf stören konnten. Etwas wäre schon gewonnen, wenn sie mit ihrer Aktion eine Diskussion mit den Wasserballern in Gang brächten oder gar Mitstreiter gewönnen.

Wortgefechte

Die alte Kegelbahn war erneut ihr Treffpunkt, dort konnten sie am besten, selbst heute am Sonntag, ungestört zusammenkommen. Hin und wieder kamen Spaziergänger vorbei, von denen sie sich jedoch nicht stören ließen. Willy und Marko schilderten Jule und Daniel, was sie gestern Abend beobachtet hatten. Die Vorbereitungen vor dem Spielbeginn schienen nach einem vorgegebenen Muster abzulaufen. Nachdem sie haarklein die einzelnen Punkte nach dem Eintreffen der Autos rekapituliert hatten, stand ihr Entschluss fest. Es gab für sie eine Chance: Die Rolle als Spielverderber! Infrage kämen die Wasserbälle. Ohne Bälle kein Spiel! Es genügten ein paar Minuten, um das Netz mit den Bällen zu schnappen, wieder zurück über das Tor zu klettern und auf die außerhalb des Schwimmbads gelegene kleine Straße zu gelangen.

»Der Plan hat einen Haken«, meinte Daniel, »wenn die Spieler die Bälle nicht vor dem Spiel auf die Wiese legen, sondern mit ihnen erst direkt vor der Partie ankommen, gucken wir in die Luft. Aber ich glaube an einen festen Ablauf, den gibt es auch bei uns.«

»Natürlich könnten sie mehr als die fünf Bälle haben, oder sie könnten Nachschub holen«, warf Willy in die Diskussion ein und fuhr fort: »Vielleicht gibt es den glücklichen Umstand, dass jede Mannschaft ihre eigenen Bälle hat und alle Spieler nur an die rankommen.«

Schulterzuckend reagierte Jule, »gewagt, aber wir können das unmöglich nochmals nachvollziehen, am Samstag in einer Woche ist das letzte Spiel im Freien in diesem Jahr. Es bleibt nichts anderes, wir müssen uns auf unser Glück verlassen.« Das war auch die Meinung der anderen. Ein wichtiger Teil ihres Plans war klar, aber nun ging es um die nicht minder wichtige Frage: Wie verhielten sie sich, sollte alles planmäßig ablaufen? Ihr Ziel war nicht, das Spiel der Wasserballer zu sabotieren, sondern mit ihrer Aktion verband sich die konkrete Forderung, den energetischen Missstand ihres Schwimmbads nicht länger hinzunehmen. Das musste unmissverständlich aus ihrem Flugblatt hervorgehen.

Willy meinte: »Wir haben die größte Chance, wenn wir mit den Spielern ins Gespräch kommen. Am besten, nachdem der erste Ärger verraucht ist.« »Mein Bruder kellnert manchmal samstagabends im Gasthaus »Stilles Lämmchen«. Er sprach davon, dass die Wasserballer dort nach dem Spiel zusammenkommen. Bei ihnen soll es durstig zugehen, ist ja auch klar, wenn du eine Stunde im wässrigen Medium tobst, und außerdem stelle ich mir Wasserball megaanstrengend vor.« Dieser Hinweis von Daniel war genau das, was sie brauchten. Sie könnten die entführten Bälle zurückgeben und versuchen, in einer entspannteren Situation mit den Wasserballspielern zu reden. Und im besten Fall hätten die Spieler im Laufe der Zeit ihren Frust etwas abgebaut. So war zumindest ihre Hoffnung. Andernfalls, wie das Klima-Quartett fürchtete, war an ein gemeinsames Gespräch nicht zu denken. Marko, vorausschauend wie immer, bemerkte: »Nächsten Samstag wird es dann auf alle Fälle später, da müssen wir uns etwas einfallen lassen.« »Ist gebongt«, meinte Willy, »da gibt es einen Ausweg: In diesem Fall ist eine Notlüge drin. Wie wäre es, wenn wir offiziell meinen Geburtstag im «Stilles Lämmchen« nachfeiern? Marko, du hast ohnehin noch eine Geburtstagslage gut. Meine Finanzlage lässt es auch zu, denn meine Großeltern haben in ihrem Geburtstagsbrief großzügig vorausgedacht.« Auf dem Fahrrad, immer wieder anhaltend, riefen sie sich übermütig Parolen zu wie: BALL IST WEG, DENN DAS KLIMA LIEGT IM DRECK!

Wasserball kann politisch sein

Zu Hause angekommen, überlegte Willy, wie er ihre Aktion vorbereiten konnte. Die Strickleiter war immer in der Garage gewesen. Dort hing sie auch unter der Gartenleiter. Sie war ihr wichtigstes Utensil. Wie er und das Quartett die Situation einschätzten, wäre der Ablauf am besten so: Jule und Marko würden von außen mit der Strickleiter helfen, das Gittertor zu überwinden. Daniel und Willy würden so schnell wie möglich zum Schwimmbecken sprinten. Einer würde das Netz mit den Bällen schnappen, während der andere die Flugblätter in den Toren ablegte. Alle durften nicht vergessen, ihre Smartphones auf lautlos zu stellen. Wie würden Daniel und er sich verhalten, wenn sie wahrgenommen würden, bevor sie die erbeuteten Bälle an Jule oder Marko übergeben konnten? Wenn sie ihre Aktion abbrechen mussten, sollten sie den Spielern auf alle Fälle ihre Flugblätter aushändigen. Noch besser wäre, sie zu einem Zusammentreffen im Gasthaus zu überreden.

Die Woche verging wie im Fluge. Zunächst kam es darauf an, wie sie ihren Protest organisierten, das war ihre Sache, eine Frage ihres Einfallsreichtums. Vielleicht lag es an ihrer Aktion, dem näher rückenden Samstag, die das Klima-Quartett an nichts anderes mehr denken ließ. Vielleicht lag es aber auch an dem anspruchsvolleren Schulpensum, das, wie die Klasse fand, in der neunten zugelegt hatte. Es war gerade so, als ob alle Lehrer auf die Rückkehr der 9a gewartet hätten. Trotzdem trafen sich die drei zum Joggen, den eigenen Körper zu spüren, sich auszupowern, war einfach super. Während des Laufs sprachen sie auch über das Flugblatt, wenn es ihre Puste zuließ und nicht gerade bergauf ging. War ihre Parole gut? Sie musste ihre Position auf den Punkt bringen. Auf alle Fälle musste Öl und Klima auftauchen! Die drei hatten Marko, der sich seine Pirschgänge nicht nehmen ließ, in ihre Überlegungen eingeweiht. Auf den Text für das Flugblatt hatten sie sich einvernehmlich am Freitag bei ihrem Lauf rund ums «Spucki» geeinigt:

Liebe Wasserballakrobaten!
ÖL!
DAS »SPUCKI« VERPESTET DIE LUFT!
HANDELN! JETZT!
Das Klima-Quartett: Jule, Daniel, Marko, Willy.
Die Bälle warten im Gasthaus «Stilles Lämmchen»!

Der Samstagmorgen begann als sonniger Tag, was Willy als gutes Omen deutete. Seine Eltern hatten sich an diesem Wochenende ohne ihn auf den Weg zu seinen Großeltern nach Lenzkirch aufgemacht, was sie bedauerten, doch er wollte erklärtermaßen seinen Geburtstag mit seinen Freunden nachfeiern. Um eine Geheimniskrämerei, die er ohnehin nicht mochte, war er nun glücklicherweise ganz einfach herumgekommen.

Das Klima-Quartett war, als sie bei beginnender Dunkelheit wie verabredet am Gittertor des «Spucki» eintrafen, in gespannter Erwartung. Jetzt ging es um die Wurst. Sie stellten ihre Smartphones auf lautlos und besprachen nochmals kurz alle Schritte ihrer Aktion. Daniel und Willy zeigten bedeutungsvoll auf ihre Füße, sie mussten schnell sein, beide hatten ihre Joggingschuhe an. Die Flugblätter hatte Jule in einen Beutel gepackt, und Willy legte die Strickleiter wie einen Klettergürtel provisorisch um seine Schulter. Im Gasthaus «Stilles Lämmchen» waren von Daniels Bruder für sie an der Theke Plätze reserviert. Wie sie aus ihren vorausgegangenen Erkundungen wussten, mussten sie noch etwa eine Viertelstunde warten, bis sich die ersten Wasserballspieler einfinden würden. Der Nachthimmel war nicht mondhell, dunklere Wolken verdeckten das Licht der Sterne. Daniel machte mit seinen Händen kreisförmige Bewegungen. Das bedeutete wohl, sie sollten einen Kreis bilden. Und wie bei seinen Fußballspielen beugten sie zur Einstimmung ihre Köpfe zueinander und beschworen das

Gelingen. Nun war also für ihren Einsatz als Spielverderber alles vorbereitet.

Als in den Umkleidekabinen das Licht anging, erhöhte sich bei ihnen schlagartig die Erregtheit. Ein leichter Wind kam auf, feuchte Handflächen verrieten eine Anspannung. Ein Gefühl wie vor einer Prüfung. Alle wussten, was zu tun war. Die Strickleiter legte Willy nun um das Gittertor, ein Ende schaute zu ihnen, das andere zum Schwimmbad. Jetzt hieß es abwarten, was die Wasserballspieler machten. Marko flüsterte: »Das ist ein Feeling wie auf der Pirsch.« Eine Tür ging auf, Licht fiel nach draußen, aber sie wurde gleich wieder zugemacht. Doch dann war es so weit. Zwei Tore wurden nach außen getragen und wie beim letzten Mal am Schwimmbadrand abgelegt. Noch fehlten die Bälle. Stimmen waren zu hören und jetzt sahen sie auch einen Spieler, in der einen Hand hielt er das Netz mit den Wasserbällen und in der anderen die Markierungsbänder. Der Spieler blieb stehen, schaute zum Himmel und legte die Bälle samt den Bändern neben den Toren auf die Wiese. Ein vierstimmiger Jubel musste ausbleiben, wie auch ein Freudensprung. Langsam ging der Spieler zurück, die Tür wurde zugemacht. Bisher lief alles nach Plan! Nun waren sie an der Reihe. Jule und Marko hielten die Strickleiter fest. Wieselschnell kletterten Daniel und Willy über das Tor. Sie rannten los, Willy mit dem Beutel, gefüllt mit Flugblättern. Daniel spurtete in Richtung Becken, schnappte das Netz mit den Wasserbällen und war bereits auf dem Rückweg, als Willy den Beutel mit den Flugblättern in die abgestellten Tore versenkte. Noch war alles still. Ohne Zwischenfall kamen die beiden jenseits des Schwimmbadgeländes an. Die dunklen Wolken am Himmel hatten sich verzogen, das Schwimmbad lag vor ihnen im Mondlicht als wäre nichts geschehen. Im Grunde hatten nur fünf Bälle den Besitzer gewechselt.

»Juhu! Geschafft! Aber jetzt nichts wie weg, bevor das Licht angeht und das Gelände mit dem Schwimmbecken ausleuchtet«, mahnte Marko. Doch wenigstens ein Abklatschen wie nach einem Spiel oder einem Punktgewinn musste sein. Willy verstaute die Strickleiter. Daniel nahm das Netz mit den Bällen. Ein Stück weiter entfernt vom Tor wartete das Quartett gespannt, wie es nun im Schwimmbad weitergehen würde. Abbruch oder Spiel mit einem vorhandenen Ersatzball? Die Spieler kamen lebhaft redend einer nach dem andern aus den Umkleidekabinen. Alles schien wie immer, sie installierten die Tore und Markierungsbänder des Spielfelds. Schließlich war der Ruf: »Wo zum Henker ist das Netz mit den Bällen?« deutlich zu hören. Eine andere Stimme fragte: »Frank, wo hast du sie abgelegt?« »Na, neben den Toren, wie immer.« Der Redeschwall wurde hitziger, aber auch unverständlicher. Mit schnellem Schritt gingen die Spieler in ihren Sportanzügen auf der Anlage suchend umher. Eindeutig, alles sah danach aus, als ob keine Ersatzbälle vorhanden wären. Schließlich wurden die Tore wieder aus dem Wasser gehoben. Doch was war mit dem Beutel mit den Flugblättern? Wurde er in der Aufregung übersehen oder als Verluststück eines Badegasts eingestuft und nicht beachtet? Einzelne gingen schon wieder Richtung Duschhaus, als der Beutel von einem Spieler weggekickt, dann aber aufgehoben wurde. In kurzer Zeit war er umgeben von der ganzen Spielermeute. Ein Spieler verteilte die Flugblätter. Einer nach dem anderen verschwand mit einem Flugblatt in der Hand im Gebäude. Das Klima-Quartett atmete erleichtert auf.

Sie warteten noch einen Moment und versuchten, sich in die Lage der frustrierten Wasserballspieler zu versetzen. Welcher Wortwechsel entwickelte sich wohl? Bald würden sie mehr wissen. Wie auch immer, sie machten sich guten Mutes, aber mit Herzklopfen auf den Weg zum Gasthaus «Stilles Lämmchen«, zur Fortsetzung ihrer Aktion.

Daraus kann mehr werden

Im Gasthaus empfing Daniels Bruder Andreas das Klima-Quartett mit fragendem Blick. Als er die Bälle in der Hand von Daniel sah, war er sich sicher. »Ihr seid also die Spielverderber. Nicht, dass ich Genaueres wüsste, was ihr da abgezogen habt, aber die Wasserballer sind ein bunter Haufen. Ich hoffe, Helmut kann seine Mannen besänftigen. Er hat mich angerufen, mir geschildert, warum sie heute unvorhergesehen früher kommen werden und schon mal eine Runde für seine Mannschaft bestellt. Eure Plätze am Tresen sind reserviert«, und er zeigte auf die von ihnen bevorzugten Hocker an der Theke. »Ich bin gleich da.«

Der Gastraum war gefüllt mit lautem Stimmengewirr, alle Tische waren besetzt, nur ein großer Tisch war leer, vermutlich der reservierte Platz für die Spieler. In Willys Stimme schwang Erleichterung mit: »Jetzt spür ich mächtig Kohldampf. Geht es Euch nicht genauso? Wie abgemacht, Burger und ein Getränk sind meine Sache.« Nach der Anspannung während der letzten Stunde tat es gut, in das Stimmengewirr einzutauchen. Das Netz mit den Bällen hing nun demonstrativ an einem Haken des Tresens. Mit großen Bissen verschwanden die Burger, die sie bestellt hatten und für die das Gasthaus bei den Kids oben auf der Liste stand. »Ich bin froh… .« Daniels Satz ging im Trubel der in dem Gastraum eingetroffenen Wasserballer unter.

Es war nicht ersichtlich, wieweit bei den Spielern die vermutlich vorhandenen emotionalen Aufwallungen abgeklungen waren. Sie setzten sich an den reservierten Tisch. Einer der Spieler kam auf sie zu und sagte: »Ihr seid also das Klima-Quartett. Ich bin Helmut Meissener. Über eure Aktion sprechen wir noch. Ich sehe eure Aktion anders als mancher in meiner Mannschaft. Im ersten Moment war auch bei mir der Ärger groß. Langsam ist er verflogen, doch nicht bei allen, zwei Spieler wollten deshalb nicht mitkommen. Die Bälle nehme ich schon mal an mich.« Vom Tisch der Wasserballer tönte es: »Helmut, deine Bierrunde ist da, come on, wir sind durstig.«

»Tut uns leid, wir sind schweren Herzens Spielverderber. Warum wir unsere Aktion gemacht haben, würden wir gerne mit der Mannschaft diskutieren«, erwiderte Jule, ganz im Sinne der Mitstreiter, die zustimmend nickten.

Helmut, der an seinen Tisch gegangen war, um mit seiner Mannschaft auf eine gute kommende Saison in der Halle anzustoßen, kam zurück und meinte: »Wir rücken zusammen, kommt an unseren Tisch, manche essen noch, aber wir können trotzdem schon mal anfangen. Wir wollen von euch mehr wissen. Die Jugend soll gehört werden. Das war schon in der Umkleidekabine nach dem Lesen eures Flugblatts die Meinung der meisten.«

Das Klima-Quartett war erleichtert über diese Reaktion der Wasserballer, die vermutlich mindestens doppelt so alt waren wie sie selbst. »Eure Position habt ihr wirkungsvoll zum Ausdruck gebracht«, begann Helmut, als schließlich alle an einem Tisch saßen. Und er fuhr fort: »Ihr seid an der Reihe, von euch wollen wir mehr hören, was euch dazu gebracht hat, uns heute unser Trainingsspiel zu vermasseln.« Vom Tischende kamen Buh-Rufe, verbunden mit: »Wer fädelt so etwas Hundsgemeines ein?«

Das Klima-Quartett war sich einig, Jule sollte den Anfang machen, sie konnte am besten argumentieren, sollten die Wellen hochschlagen. »Ich würde am liebsten das übliche »Sie« unter den Tisch fallen lassen und, wie bei Sportlern normal, mit dem Du weitermachen. Ist das okay?« Es gab keine Einwände, als sie fortfuhr: »Ihr habt unser Flugblatt gelesen. Wir sind von der 9a, Daniel, Marko, Willy und ich, Jule. Wie uns allen bekannt ist, verbrennt das «Spucki« Heizöl und produziert damit Treibhausgase, die wir nicht sehen, von denen wir aber wissen, dass sie für den Klimawandel mitverantwortlich sind. Und keiner unternimmt was! Unsere Stadt, die Regierung, die Menschen machen weiter wie bisher. So, als ob es keinen Meeresspiegelanstieg gebe, Waldbrände, verdorrte Wiesen und Getreidefelder, gefährdetes Trinkwasser auf Nordseeinseln. Es sind zu viele «Spuckis« auf der Welt, und unseres steht symbolisch als Muster, das zeigt, was bei der Energieerzeugung schiefläuft. Jetzt ist noch Zeit zum Handeln, überall! Unser Protest ist nicht gegen, sondern für die Menschen. Wie sieht die Zukunft unserer Generation aus, hier und in Teilen der Welt, wo der Klimawandel heute schon viel stärker zu spüren ist?«

Gäste, die am Tisch stehen geblieben waren, schüttelten ungläubig mit dem Kopf und ein Mann meinte: »Ist alles den Zeitungen nachgeplappert, die Erde macht das Klima. Sie weiß, was sie tut.« Einer der Spieler beteuerte zustimmend: »So viel Klimaschutz wie heute war nie. Wir müssen die Kirche im Dorf lassen. Eine Erwärmung um drei Grad in den nächsten zwanzig Jahren, was wäre daran so schlimm? Wir haben den teuren Strom. Andere machen nichts. Unser Schwimmbad ist doch Kleinkram. Und ausgerechnet das wird von euch in ein schlechtes Licht gerückt. Doch gerade an ihm ist mir gelegen und das lasse ich mir nicht nehmen.«

Helmut wandte sich seinem Sportfreund zu: »Frank, über den Kleinkram, der in der Summe zu einem gigantischen Haufen anwächst, gäbe es viel zu sagen. Aber das ist unter uns ein altes Thema. Doch den Gesichtspunkt, den Jule vom Klima-Quartett eben genannt hat, sollten wir Erwachsenen nicht vernachlässigen. Es geht bei der Klimadebatte sicherlich viel zu wenig um Generationengerechtigkeit. Richtig ist, das Schwimmbad liegt uns näher als anderes, aber darf gerade deshalb das Problem von uns verdrängt werden? Letzten Endes habt ihr uns mit eurer Aktion zu Recht geärgert. Das war geplant und ist euch gelungen. Weg vom Öl ist überfällig. Tatsächlich aber lebt und denkt die Mehrheit noch immer in fossilen Bahnen. Auch in unserem Schwimmsportverein, wie in zahllosen Sportvereinen. Dabei ist ein gutes Leben heute anders realisierbar. Ich stimme zu, mit reden allein ist das nicht zu schaffen. Daraus kann mehr werden. Ich schlage euch ein Gespräch in der Zeitungsredaktion vor. Hier ist die Karte mit der Telefonnummer meines Büros. Jetzt aber los, kommt gut heim, sonst gibt's womöglich Ärger.« Er stand auf und das Klima-Quartett verabschiedete sich von ihm und den Wasserballern, die, so war ihr Gefühl, noch nicht alle ihren Frust runtergespült hatten.

Beim Blick auf die Karte von Helmut Meissener stellten sie fest, dass er als Redakteur bei der «Kreiszeitung Bebenhausen» arbeitete. Er war es, der in seinen Artikeln die Leser seiner Zeitung auf die Ablehnung eines Wärmenetzes der Stadt und den dadurch verursachten Mehrausstoß an Treibhausgasen immer wieder hingewiesen hatte. Willy bezahlte seine Geburtstagsrunde und Andreas meinte beim Rausgehen anerkennend zu Daniel: »Ich kenne die Truppe und bin überrascht von ihrer Reaktion. Der gesättigte Bauch, das Bier und Helmut wirkten offensichtlich besänftigend. Überhaupt, ich staune, ich wusste nicht, dass du außer Fußball auch noch anderes im Sinn hast. Die Überraschung ist euch gelungen!«

Das Klima-Quartett verließ das Gasthaus, sie schnappten gleich ihre Fahrräder, um möglichst schnell los zu radeln, denn in der Tat, es war höchste Zeit. Nach einem kurzen Stück trennten sich ihre Wege, sie riefen sich zum Abschied noch ihr übliches: »Bis neulich« zu. Es fiel ihnen schwer, nach der gemeinsamen Aktion auseinanderzugehen, da selbst eine abschließende Einschätzung noch ausstand.

Willy, der heute keinerlei elterlichem Zeitlimit unterworfen war, begleitete Jule, wie er sich ausdrückte, zur Abrundung ihrer Aktion auf ihrem Heimweg. Die Perspektive, die sie mit der Einladung zu einem Gespräch mit Helmut Meissener in die Zeitungsredaktion bekommen hatten, beschäftigte sie am meisten. Keine Frage, dieses Angebot war höchst willkommen und löste bei beiden gespannte Erwartung aus. Bedeutete es eine Rückendeckung für das Klima-Quartett? Gerne hätten sie den Erfolg ihrer Aktion noch ausgekostet, aber das musste warten.

Bestechende Gründe

Am Sonntagmorgen wurde Willy vom Telefon geweckt. Er hatte noch lange vor der Röhre gesessen und versucht, dabei einen Gang runterzuschalten. Seine Mutter wollte sich vergewissern, dass mit ihm alles in Ordnung war. Willy liebte sein kleines Reich unter dem Dach, wo er seine Welt immer wieder neu erschaffen konnte. Das Sonnenlicht, das in diesem Moment verschiedene Poster beleuchtete, fiel auf das Porträt einer anmutigen jungen Frau aus Florenz, ein Druck, den er in einer Gemäldegalerie bei einem Besuch seines Vetters Jan in Hamburg erst vor Kurzem erstanden hatte. Seine Welt hatte sich in jüngster Zeit verändert, und die Veränderungen traten auch sichtbar in Erscheinung. Sein Blick wanderte in seinem Zimmer umher, er war mit sich einverstanden, er war putzmunter.

Wie gut mit ihm alles in Ordnung war, konnten seine Eltern nicht ahnen. Nun war es an der Zeit, nun konnten sie offen über ihre Sabotageaktion sprechen, mit der Geheimniskrämerei war Schluss. Nachdem ihre Aktion im Schwimmbad abgeschlossen war, wollte das Klima-Quartett dranbleiben. Ihr Protest brauchte die Öffentlichkeit. Doch dafür war eine neue Strategie notwendig. Wie könnte ihnen gelingen, gemeinsam mit anderen Menschen hier in ihrer Stadt den Wandel zu beschleunigen? Willy dachte sofort an Helmut Meissener oder auch an Frau Griffrat. Langeoog war für viele in seiner Klasse ein Wendepunkt gewesen, plötzlich hatten sie eine Betroffenheit gespürt. Das Gespräch mit Helmut Meissener in der Zeitungsredaktion war hoffentlich ein weiterer Schritt, um konkrete Ideen zu entwickeln. Wenn es mit dem Klimaschutz die nächsten Jahre weiterging nach der Maxime: »Alle reden von Klimaschutz, aber gemacht wird etwas anderes«, wäre ein Desaster!

Ihren Wunsch nach Wandel siedelten sie dort an, wo sie glaubten, unmittelbar etwas beeinflussen zu können, also in ihrem Kiez. Noch ist etwas zu machen. Ihre Schwimmbadaktion gestern würde ihre Wirkung verfehlen, wenn sie nur den einen oder anderen Wasserballspieler zu einem selbstkritischen Nachdenken gebracht hätte. Warum haben wir unverändert immer mehr Emissionen an Treibhausgasen? »Schrillen die Alarmglocken der Klimaforscher nicht laut genug?« fragte sich Willy. Wie er nun aus eigener Anschauung wusste, in manchen Küstenregionen sind die Folgen schon unmittelbar zu spüren. Bisher waren die Bewohner mit einem blauen Auge davongekommen. Für einen Inselstaat im Pazifik, wie Indonesien, der aus 17 000 Inseln besteht, ist der Handlungsspielraum erschöpft, Sandaufschüttungen helfen nicht, dort steht bereits alles auf dem Spiel. Selbst im nicht so fernen Wales ist an manchen Küstenabschnitten Endzeitstimmung.

Die meisten Menschen verharren in einer bestimmten Lebensform. Dabei würde ein klimafreundlicher Lebensstil viel verändern. Jeden Tag gibt es Entscheidungen, für oder gegen das Klima. Das fängt bereits morgens bei alltäglichen Dingen an. »Wo trifft der Klimawandel die Menschen in Deutschland am empfindlichsten?«, hatten sie Frau Griffrat auf der Klassenreise gefragt. »Wir leben, wie sie von Journalisten bisweilen treffend bezeichnet wird, in einer Hubraumvergrößerungsepoche. Wenn man sieht wie Vertreter dieser Epoche auf eine Geschwindigkeitsbeschränkung, oder eine Beschränkung des Parkraums in Städten reagieren, käme dafür das Auto in Frage. »Für manche«, sie kniff ein Auge zusammen, »auch Bier.« Und sie ergänzte: »Mit fortschreitender Erderwärmung und Trockenheit erhöht sich der Preis für Gerste und dann verdoppeln sich die Bierpreise weltweit.« Und etwas spöttisch: »Wenn das kein Grund ist für mehr Klimaschutz was dann? Aber keine Sorge: So weit sind wir ja noch nicht.« War das eine gewollte Anspielung auf die sich vollziehende Verwandlung vom Limotrinker zum Biertrinker in jüngster Zeit? Hatte sie bei der Klassenreise zwei Augen zugedrückt?

Licht am Horizont

Als sich das Klima-Quartett in der Eisdiele traf, war es Sonntagabend. Sie waren freudig gestimmt, die Aktion Schwimmbad wirkte nach und ließ das Eis besonders gut schmecken. Daniel schien dringend etwas loswerden zu wollen, zumindest klang es so: »Spannende Sache, berichte euch gleich.« Daniels Bruder hatte ihn beim Frühstück aufgefordert, mehr von ihrer Aktion zu erzählen und sich nicht immer die Würmer aus der Nase ziehen zu lassen. Auf diese Aufforderung habe er zunächst sehr zurückhaltend reagiert. Langsam sei er gesprächiger geworden, denn offensichtlich hatten ihn nicht, wie befürchtet, für ihre Aktion missbilligende Blicke von seiner Mutter getroffen, sondern er war eher auf ein unvermutet großes Interesse gestoßen. Besonders, so kam es ihm vor, als er den Namen des Zeitungsredakteurs Helmut Meissener erwähnte.

Spannend an der Angelegenheit sei, wie er nun erfahren habe, dass es eine Planung für eine neue Wärmeversorgung für das «Spucki«, die Schule und das Rathaus gegeben hatte. Und das ausgearbeitete Konzept verzichtete auf die Klimatreiber Öl und Kohle. Obwohl die Planung schon weit fortgeschritten war, wurde sie im letzten Moment von der Rathausverwaltung abgebrochen. Doch trotz seiner bohrenden Nachfragen sei von seiner Mutter nicht mehr rauszukriegen gewesen als ein etwas rätselhaftes: »Ölhändler, unklare Sachlage.«

Wusste Helmut Meissener mehr von dieser dubiosen Absage? Sie waren sich einig, dass sie sich möglichst bald für ein Gespräch mit Helmut Meissener verabreden wollten. Er war ihnen entgegengekommen. Mehr noch, er hatte angedeutet, dass Gemeinsames vor ihnen liegen könnte. Auch Willy wollte bei seinem Vater auf den Busch klopfen, vielleicht konnte er ihm mehr entlocken. Denn offensichtlich gab es einiges freizulegen, gerade in puncto «Spucki.«

In der Zeitungsredaktion der Kreiszeitung Bebenhausen umgab sie geschäftiges Treiben. In mehreren Büros saßen die Mitarbeiter, manche nickten ihnen freundlich zu. Helmut Meissener hatte sie gebeten, in einem Empfangsraum einen Moment zu warten, gleich würde er für sie da sein. Schließlich saßen sie zu fünft um einen großen Tisch. Helmut Meissener begann: »Bleiben wir bei dem sportlichen Du, das passt zu der Geschichte, wie wir zusammengekommen sind. Am besten erzähle ich euch kurz, was ich hier so treibe.

Zu meinem Resort gehört Umwelt und Klima. Artikel, die ich dazu schreibe, erscheinen meist im Lokalteil, manche als kurze Nachricht oder auch als etwas längerer Bericht, manchmal als Glosse, oder, wenn es mir gelingt, als Leitartikel. Um es gleich zu sagen, ganz uneigennützig ist für mich euer Besuch in der Zeitung hier nicht. Seit ein paar Wochen ist für uns Zeitungsleute in diesem Resort deutlich erkennbar: Meinungsäußerungen, oder vielmehr das Engagement von jungen Umwelt-Aktivistinnen und Aktivisten, hat zugenommen. Über ihre Bedeutung solltet ihr euch nicht täuschen. Der Druck der Straße hat schon manche Entwicklung verändert. Diesem positiven Prozess möchten wir nicht hinterherhinken, sondern ihn aufnehmen und deshalb über euer Engagement für das Klima mehr erfahren. Was wollt ihr bewirken? Über unsere Zeitung als Sprachrohr soll eure Generation in Kolumnen und Artikeln zu Wort kommen.« An den Mienen des Klima-Quartetts war abzulesen, wie sehr ihnen gefiel, was sie hörten. »Und eure Aktion im Schwimmbad,« fuhr Helmut fort, »geht über das übliche alltägliche Geschehen hinaus. Konkret beabsichtige ich, einen Bericht darüber unterzubringen. Gut wäre es deshalb, über euren Plan, was dahintersteht und was ihr vorhabt, Genaueres zu erfahren und das Ganze mit ein paar Aussagen von Euch zu unterfüttern.«

»Das ist mehr als wir noch vor Kurzem erhoffen konnten«, war ihre spontane Reaktion. Zunächst ging es um ihre Aktion «rotes Wasser» und die Gründe für das Aufgeben dieser Aktion, die Helmut penibel auseinanderklamüsern wollte. Doch die nüchterne Arbeitsatmosphäre entwickelte sich mehr und mehr zu einem lockeren Meinungsaustausch. Ihre Planung und schließlich die Ausführung ihrer Aktion «Wasserball« stellten sie mit schauspielerischen Einsprengseln dar. Am Schluss fehlten nur noch ihre plakativen Zitate. Aber da legte Helmut ihr Flugblatt auf den Tisch und schlug vor, die dort vorhandenen Aussagen des Klima-Quartetts heranzuziehen. Vor allem der Aufforderung: »Jetzt ist Zeit zum Handeln!«, würde er mehr denn je zustimmen. Und wenn sie einverstanden wären, erschiene in den nächsten Tagen ein Foto von ihnen in der Zeitung, das ihm Frank, einer der Wasserballspieler, geschickt hatte. Er hatte es am Samstagabend im Gasthaus «Stilles Lämmchen« bei ihrer Diskussion aufgenommen. Auch wollte er schon mal auf einen ausführlichen Folgebericht hinweisen. Das Klima-Quartett hatte natürlich keine Einwände. Schließlich wäre es ihnen noch vor Kurzem wie ein Traum vorgekommen, mit einem öffentlichkeitswirksamen Auftritt in einer Zeitung zu erscheinen.

Nun wollte Daniel aber mehr über die neue Wärmeversorgung der Stadt erfahren. Vor allem wie es dazu kam, dass sie abrupt abgestoppt wurde. Sie erzählten, was ihnen und von wem schon bekannt war. Helmut zögerte einen Moment und gab dann zu verstehen, dass er wohl auch Daniels Mutter von einem Interview her kenne. Das Thema Wärmeversorgung in ihrer Stadt verfolge er von Anbeginn. Aber über den widersprüchlichen Abbruch sei er selbst nicht ausreichend unterrichtet. Vielleicht würde er sie mit jemanden zusammenbringen, der aus eigenem Erleben zu dieser Geschichte etwas sagen könnte. Dazu müsste er sich aber erst dessen Zustimmung geben lassen. Das Klima-Quartett wandte sich an Helmut und meinte entspannt: »Am Samstag hattest du angedeutet, aus unserer Aktion könnte mehr werden. Im Moment sieht es ganz danach aus.«

Beinahe Gemeinsamkeit

Am Abend saß Willy, wie gewöhnlich, wenn er sich nicht verabredet hatte, zusammen mit seinen Eltern beim Abendessen. Er druckste zunächst etwas von Freunden und einer Aktion herum, doch schließlich erzählte er von ihrem Klima-Quartett, ihrer Aktion im Schwimmbad und dem heutigen Besuch in der Zeitungsredaktion. Ihr Verständnis hatte er erwartet, dennoch war er erleichtert, dass seine Eltern letzten Endes hinter ihm standen und nicht wie Jules und Makos missbilligend reagierten. Allerdings ermahnte sein Vater ihn, sie sollten nicht übersehen, dass sie durch ihren Protest die Rechte anderer missachtet hatten. Willy verteidigte ihre Aktion mit der Frage: »Und was ist mit den Menschen, die den Klimawandel heute bereits hautnah zu spüren bekommen? Es sind unsere Entscheidungen hier, die anderswo die Lebensgrundlage der Menschen bedrohen. Wir sind gefangen in unserer: «Weiter-wie-bisher-Haltung»!« Das Telefon klingelte. Willy freute sich, seinen Großvater zu hören. Er erzählte ihm von ihrer Klimaaktion im Schwimmbad und dem Einwand seines Vaters. Sein Großvater bestärkte ihn:»Willy, bei mir findest du offene Türen, so groß wie unser Scheunentor. Für ein Umdenken ist die Zeit reif. Ich habe kein Verständnis für die Hinhaltepolitik, das zögerliche Verschieben. Noch zwei, drei solche Hitzesommer und Trockenjahre wie letztes Jahr, und wir werden den Schwarzwald nicht mehr wiedererkennen. Das sagen auch die Forstleute, mit denen ich zusammenkomme. Als du im Sommer hier warst, sprachen wir schon darüber, dass das Klima auf die Alten und die Jungen nicht verzichten kann. Also, ich bin bei euch. Gib mir noch deinen Vater, ich wollte ihn in einer anderen Sache sprechen.« Willy übergab das Telefon seinem Vater. Immer wieder war zu hören:»Furchtbar, so schlimm,« und nachdem er den Telefonhörer aufgelegt hatte, berichtete er, wie dramatisch sich die Waldschäden in diesem Jahr zeigten. Sie seien noch nie so groß gewesen. Der Klimaschützer Wald sei selbst bedroht. Stürme, Dürre, Waldbrände und der Borkenkäfer hätten eine unvorstellbar große Menge Schadholz im Wald verursacht. Das entspräche mehr als 1,5 Millionen aneinander gereihte Holzlastwagen. Am Schluss sagte sein Vater noch zu Willy:»Dein Großvater wird ein, zwei Tage bei uns sein. Er wird dir seine Eindrücke von dem jämmerlichen Zustand unseres scheinbar gesunden Schwarzwalds schildern. Sein Bericht setzt mir zu. Das fossile Zeitalter müssen wir lieber heute als morgen verabschieden. Bei mir habt ihr erreicht, dass ich durch Gespräche im Stadtrat überprüfe, ob es nicht doch noch eine Chance gibt, ob, bzw. wie das Nein der Stadt zu einer anderen Wärmekonzeption zu revidieren ist. Details darüber, warum es zu diesem

Umschwenken im letzten Moment kam, kann ich dir nicht weitergeben, sie sind vertraulich. Aber es ist ja bekannt, dass es vor der Abstimmung im Rathaus die Wurfsendung eines großen Heizölhändlers in allen Briefkästen gab.«

Am nächsten Morgen zeigte ihm seine Mutter in der Kreiszeitung Bebenhausen das Foto mit dem Klima-Quartett, umrahmt von Wasserballsportlern. Die Bildunterschrift lautete: »Schüler machen mit einer Aktion auf die fehlende Umsetzung eines Wärmekonzepts aufmerksam. Mit ihrem Flugblatt protestieren sie gegen die Nutzung fossiler Energieträger, für eine bessere Klimapolitik der Stadt. Ein ausführlicher Bericht folgt in der Samstagsausgabe.« Willy schob die Zeitung zufrieden von sich, sah den Blick seiner Mutter, die meinte, sie habe schon bemerkt, dass da seit einiger Zeit etwas im Busch gewesen sei und wisse zudem von seinen Großeltern, dass ihr Sohn von seinen Eltern bzw. ihrer Generation erwartet habe, mehr gegen die Ausbeutung des Planeten und die Klimakatastrophe zu unternehmen: »Ihr habt ja recht. Heute Morgen las ich in dem aktuellen Weltrisikobericht über die Risiken für die Umwelt. Dort heißt es, dass die Welt in eine Katastrophe schlafwandelt.« Er schaute seine Mutter fragend an und meinte vielsagend: »Mama, ich wüsste gerne, wer nicht zu dieser großen Gemeinde der Schlafwandler gehört. Das gefährliche am Schlafwandeln ist ja, die Schlafwandler selbst merken nichts. Es sei denn …« Willy brachte den Satz nicht zu Ende, sondern verließ mit dieser vieldeutigen Bemerkung die Wohnung.

Seit ihrem Gespräch mit Helmut Meissener schien es dem Klima-Quartett selbstverständlich zu sein, gleich morgens einen Blick in die Zeitung zu werfen. Daniel und Marko kamen in der Schulpause auf Jule und Willy zu. Alle vier waren gespannt, was am Samstag in dem angekündigten Artikel stehen würde. Ihre Zuversicht, dass dadurch Bewegung in die Sache käme, war gewachsen. Das Klima-Quartett stimmte überein, für sie konnte es nur darum gehen, ein anderes Energiekonzept zu fordern, und den eingeschlagenen Weg beharrlich weiter zu verfolgen, notfalls den Ton zu verschärfen. Vielleicht war der Flyer, den ein Heizölhändler als Wurfsendung an alle Haushalte hatte verteilen lassen, noch aufzutreiben. Seine Bedeutung war schwer einzuordnen, aber möglicherweise war er ausschlaggebend für die ablehnende Haltung der Stadtverwaltung gegen ein alternatives Wärmekonzept.

Als Willy von der Schule nach Hause kam, begrüßte ihn sein Großvater: »Deine Mutter verwöhnt mich schon. Wie unser Wald brauche ich einen Schadensbericht, also kurzum, dein Vater hat mir einen Untersuchungstermin im Krankenhaus verordnet, aber nichts Dramatisches. Doch nach dem Essen wollte ich gerne mehr von dir hören und vielleicht, was ich unbedingt möchte, dir Klimaschützer die Situation in unserem Wald vor Augen führen.

Ein Ruck

Gleich zu Beginn, während sie sich noch am Rande des Waldes befanden, blieb sein Großvater vor einer großen Tanne stehen und zeigte auf die hellen Flecken zwischen den dunkelgrünen Ästen und einen abgestorbenen Gipfel. »Dieser Baum stirbt, und ob man es wahrhaben will oder nicht, im Moment findet ein Baumsterben größten Ausmaßes statt. Witterungsextreme, überdurchschnittlich hohe Temperaturen, Trockenheit setzen den Bäumen zu, Winterstürme und Borkenkäfer geben den Bäumen den Rest. Wenn ich mit offenen Augen durch den Wald gehe, sehe ich Bilder, die mich an die 80er-Jahre erinnern. Damals waren etwa 35 Prozent unseres Waldes von einer Krankheit befallen.« »Aber sind es nicht einzelne Bäume wie diese Tannen?«, fragte Willy. »Keineswegs, du als ein normaler

Waldbeobachter wirst das kaum erkennen. Besitzer und Forstaufseher lassen erkrankte Bäume fällen, bevor ihr Holz seinen Wert verloren hat. Seinerzeit wollte niemand den Ernst der Lage wahrhaben, am wenigsten die verantwortlichen Politiker. Aber warum komme ich auf diese Zeit, die nicht nur in der Forstwirtschaft als die Zeit des «Waldsterbens» bezeichnet wird?« Willy blieb nicht verborgen, dass sein Großvater immer wieder stehen blieb, weil ihn seine Atemnot dazu veranlasste. In der Nähe war eine Bank, sie setzten sich. Schon bald, mit ruhiger Stimme, fuhr sein Großvater fort: »Ich glaube, ein Rückblick lohnt sich. Die Luft- und Umweltverschmutzung, und als Folge das «Waldsterben», war ein ganz großes Thema, sowohl in der Öffentlichkeit als auch in den Medien. Die Frage ist also: Wie kam es zu dieser Schädigung, und schließlich, was führte zu einer Erholung dieses wichtigen Schutzraumes? Auch beim «Waldsterben» war nicht ein einzelner Schadstoff verantwortlich, sondern ein ganzes Bündel. Eine der Hauptursachen jedoch war die Emission von Schwefeldioxid, das vor allem bei der Verbrennung von schwefelhaltigen fossilen Brennstoffen wie Kohle oder Erdöl entsteht. Sie sind der Grund für den sauren Regen.«

»Aber warum spricht heute niemand von Schwefeldioxid und saurem Regen?«, unterbrach Willy seinen Großvater. »Genau das ist der Grund, warum es Sinn macht, zurückzublicken. Auch damals gab es Proteste und Aktionen gegen das «Waldsterben«, gegen verpestete Luft. Ohne diese Proteste wäre vermutlich eingetreten, was die Forstfachleute prophezeit hatten, nämlich, dass davon auszugehen sei, dass unser Wald in seiner heutigen Form bis zum Ende dieses Jahrtausends weitgehend verschwunden sein wird. Diese Proteste brachten nach und nach Erfolge. Gegen den massiven Widerstand der Auto- und Energieindustrie wurden Gesetze und Umweltstandards von der Regierung beschlossen, die anderswo, z.B. in Japan und

Kalifornien, längst Standard waren. Die Kraftwerke mussten mit Entschwefelungsanlagen und die Autos mit Katalysatoren ausgerüstet werden, verbleites Benzin wurde verboten. Ähnlich wie heute reagierte die Energiewirtschaft kurzsichtig, damals mit einer «Politik der hohen Schornsteine». Anstelle der kostenintensiven Reinigungsanlagen stockten die Kraftwerksbetreiber ihre Schornsteine auf Höhen von 200 oder gar 300 Meter auf. Das heißt, Schadstoffe konnten großräumig in die Luft verteilt werden. Doch schließlich wirkten die Schutzmaßnahmen. Die Schwefeldioxid-Emissionen und die Bleiemissionen verringerten sich deutlich und machten schon in den 90er – Jahren des vergangenen Jahrhunderts nur noch einen Bruchteil früherer Emissionen aus. Rückblickend kann gesagt werden, der Kampf um eine geringere Schadstoffbelastung war erfolgreich. Jahrelang stagnierten die Baumschäden.

Die Ursache für die aktuelle Situation ist der Klimawandel. Parallelen zu damals sind allerdings offensichtlich. Wir hatten damals wie auch heute dieses Denken: Gemacht wird, was sich lohnt! Umweltschutz ist in der Rechnung ein bloßer Kostenfaktor. Tatsache ist, Umweltschutz ist unser Gewinn. Ist sauberes Wasser, eine klare Luft zum Atmen nichts? Doch ein anderes Denken fällt, wie sich jetzt wieder zeigt, nicht vom Himmel. Ich rechne mit Euch, der Jugend.«

»Großvater, bis gestern glaubte ich, unser Planet sei unverwundbar. Dazu hatte ich die Vorstellung, er ist unendlich groß, und wir sind Zwerge. Diese Illusion ist vorbei. Wie Umweltzwerge verhalten wir uns schon lange nicht mehr. Gegenüber früher gibt es fatalerweise einen Unterschied: Ihr konntet von einer Umweltkrise sprechen, etwas, das vorübergeht. Aber heute findet durch die Erderwärmung, in menschlichen Zeiträumen gesehen, eine irreversible Veränderung statt. Dieser Wandel muss in den Köpfen der Menschen ankommen. Doch wir sind erst am Anfang.«

Störende Wahrheiten

Bereits eine Woche später saß das Klima-Quartett wieder im Empfangsraum der Kreiszeitung Bebenhausen. Helmut Meissener hatte sie eingeladen, wie auch den für sie etwas geheimnisvollen und unbekannten Teilnehmer, den er als Herr Karl-Heinz Umfeld vorstellte.

»Herr Umfeld«, eröffnete Helmut das Gespräch, »hat den Vorteil, dass er nach der Lektüre meines Artikels am Samstag über euch schon in etwa informiert ist. Er ist jung in dem Sinne, dass er immer wieder den Mut hat, Herausforderungen anzunehmen. An der Jugend, so auch an eurem Engagement, findet er Gefallen, weil er daran auch abliest, dass die Weise, wie seine Generation ihre eigenen Kinder erzogen hat, nicht so falsch gewesen sein kann. Karl-Heinz, am besten sagst du selbst den vier jungen Klimaaktivisten etwas zu deiner Person und Einstellung, warum wir uns heute treffen.«

»Wir leben in einer wunderschönen Umgebung,« begann Herr Umfeld, »einer Stadt, in der nach außen alles bestens bestellt scheint. Aber die Stadtverwaltung hat ihren Platz bei dem Thema, das uns heute zusammenführt, im Bremserhäuschen anstelle in der Lokomotive. Ihr habt den Finger in eine Wunde gelegt, die auch ich nicht bereit bin, auszublenden. Aktionen sind nicht meine Sache, auch euch gegenüber war ich zunächst skeptisch, aber Helmuts Artikel zeigt, dass ihr gelernt habt, wie eine wirkungsvolle Protestaktion aussieht. Ich bin, wie ihr seht, beinahe vier Mal so alt wie ihr. Whistleblower wollte ich nie werden. Aber heute gibt es mindestens zwei Gründe, die es vernünftig erscheinen lassen, dieser Bremser-Haltung etwas entgegenzusetzen. Whistleblower trifft meine Rolle auch nicht. Um auf den Punkt zu kommen, ich gehöre einer Anwaltskanzlei an, die vor zwei Jahren, als das Projekt Wärmenetz für die Stadt langsam begann konkret zu werden, in die Vertragsgestaltung eingebunden war. Bevor ich nun fortfahre, erscheint es mir wichtig zu hören, wie euer Wissensstand in dieser Sache ist.«

Daniel kramte in mitgebrachten Unterlagen und holte den Flyer hervor, den ihm seine Mutter, wie ihm schien, gerne in die Hand gedrückt hatte, als er sie danach fragte. Und Willy ergänzte: »Auffallend ist doch, dass dieser Flyer des größten Ölhändlers der Stadt unmittelbar vor der Abstimmung in den Briefkästen der Bewohner landete.«

»Wie ich von Helmut hörte, habt ihr die Fähigkeit wahrzunehmen, was in der Luft liegt und könnt, wie man so sagt, zwei und zwei zusammenzählen. Vielleicht spielte diese Briefkastenaktion für die Entwicklung eine Rolle. Auf jeden Fall ist genau in dem Zeitraum, als der Flyer verteilt wurde, die vorgesehene Entscheidung für eine energetische Versorgung durch ein Wärmenetz wie eine Seifenblase geplatzt. Der Bürgermeister war um eine Antwort auf meine Frage, welche Gründe es für diesen Meinungsumschwung gäbe, nicht verlegen. Er argumentierte, dass nach diesem Flyer des Ölhändlers Steiner die meisten der Privatleute, die ebenfalls an das Wärmenetz angeschlossen werden sollten, abgesprungen seien. Ohne die Privathäuser sei das ganze Projekt für die Stadt unwirtschaftlich.«

Die Tür öffnete sich und ein junger Mann, den Helmut als Volontär ihrer Zeitung vorstellte, stellte ein Tablett auf den Tisch. Darauf standen nicht allein Getränke, sondern – als ob der Gastgeber geahnt hätte, welchen Stellenwert Eis im Laufe des Sommers bei dem Klimaaktionisten eingenommen hatte – auch eine Schüssel gefüllt mit den verschiedensten Eiskugeln.

»Allerdings« schaltete sich Helmut ein, nachdem sich alle freudig bedient hatten, »lasst mich zu unserer Ehrenrettung sagen, dass wir als Kreiszeitung, also in diesem Falle ich, auch nicht untätig waren. Der Ölhändler machte das Wärmenetz den Bewohnern mit dem Argument madig, dass die Versorgung über ein Wärmenetz langfristig nicht gesichert sei und außerdem die Energieversorgung teurer würde.«

»Alles Argumente«, fuhr Herr Umfeld fort, »die einer genaueren Betrachtung nicht standhalten. Und diesen Vorwurf, diese Fehlinformation, nicht öffentlich widerlegt zu haben, muss die Stadtverwaltung sich gefallen lassen. Für den Ölhändler hätte das Wärmenetz bedeutet, die meisten seiner Abnehmer zu verlieren. Wie er es nun bewerkstelligte, die Stadtverwaltung umzustimmen, bleibt sein Geheimnis. Doch jetzt geht es darum, nach vorne zu blicken. Ihr, wir alle hier, haben Zweifel. Noch ist es nicht zu spät, es ist Sache der Bewohner nachzuhaken und Aufklärung zu verlangen.«

Das Klima-Quartett warf sich unmissverständliche Blicke zu, wie viel Bestätigung brauchte es noch? Das «Spucki« war die Spitze des Eisbergs, dahinter war mehr! »Offensichtlich sind die Einwohner unserer Stadt innerlich zerrissen. *Wir leben in der Bundesrepublik in einer komfortablen Situation, anders ausgedrückt, unser Umweltverbrauch ist hoch. Nach wie vor ist unsere Ausrichtung wachstumsorientiert, wie auch konsumorientiert. Am umweltfreundlichsten leben Menschen, die alt sind und wenig ausgeben können. Wie in armen Gesellschaften, da leben die Menschen nachhaltig, ohne großen Naturverbrauch.* Diese widerspruchsvolle Situation lähmt die Menschen hier, sie empfinden den Zwiespalt. Die große Gefahr dabei ist, sie machen die Augen zu und stolpern in die Klimakatastrophe.«

Nachdenkliche Stille war eingetreten. Jule beendete das Schweigen: »Die von Ihnen genannte Erklärung für unser Dilemma beschreibt mein Onkel mit Duldungsstarre, mit einer Paralyse. Eine Reaktion, die er auch bei meinen Eltern sieht und gegen die ich bisher vergeblich ankämpfe. Unser Motiv ist in der Tat, wachzurütteln. Angriffspunkte gibt es zuhauf. Wir finden unseren Fridays for Future-Slogan: »Wir sind hier, wir sind laut, weil ihr unsere Zukunft klaut«, der bei unseren Demonstrationen in ganz Deutschland in den Straßen und Plätzen zu hören ist, trifft unsere Situation. Wie Sie, Herr Umfeld, sagten, auch junge Leute können zwei und zwei zusammenzählen. Wir wissen, dass unsere Zukunft auf sehr wackeligen Füßen steht, wenn das Klima zusehends instabil wird, sind wir die Loser.«

Herr Umfeld wandte sich erneut an das Klima-Quartett: »Zwei weitere Punkte möchte ich hinzufügen. In den vergangenen zwei Jahren ist die Zeit nicht stehen geblieben. Sie läuft uns, wie Klimadaten zeigen, davon. Doch was das Wärmenetz für die Stadt angeht, hat sich die Situation dahingehend verbessert, dass ein Wärmelieferant für das Netz gefunden wurde, der ein langfristiges Versorgungsangebot garantiert. Und wenn die Stadtverwaltung geschickt argumentiert, wozu sie durchaus in der Lage ist, kann sie handeln, auch ohne Gesichtsverlust. Das könnte sie schon bei der nächsten Bürgerversammlung tun. Aber ich befürchte, zu einem Wechsel der Position kommt es nicht ohne Dazutun von außen. Beispiele dafür gibt es in der Stadtverwaltung zuhauf.«

Das Klima-Quartett verabschiedete sich von Helmut und Herrn Umfeld mit der Perspektive, dass das Wärmenetz nicht so tot war, wie einzelne es sich wünschten, und das letzte Wort in dieser Sache hoffentlich noch nicht gesprochen war.

Wie geschmiert

Linus Vogt, ihrem Schulsprecher, war nicht entgangen, dass in der Klasse 9a äußerst klimaaktive Schüler zu finden waren. Deshalb wollte er sich in der großen Pause mit ihnen in der Aula bei ihrer Fotoausstellung treffen. Sein Anliegen war die Mobilisierung der Schüler für die Teilnahme an Protestaktionen zum globalen Klimawandel. Diese könnte an Fahrt zulegen. Besonders das Quartett wäre für eine Infoveranstaltung, die er plane, ein Gewinn in puncto Dynamik. Daniel erklärte: »Linus, bestimmt sind wir mit von der Partie, wenn es uns möglich ist. Doch wie du dir vorstellen kannst, wollen wir nicht zulassen, dass die bisherige Position unserer Stadt zu diesem Thema unverändert hingenommen wird, denn sonst ist das Ding gelaufen. Unser Plan ist, an mehreren Samstagen auf dem Marktplatz für eine Bürgerversammlung zu demonstrieren. Fossile Energie muss endlich raus aus der Erzeugung von Wärme, also auch aus dem «Spucki».

Der Marktplatz mit den zahlreichen Ständen der Händler aus der nahen Umgebung war die denkbar beste Umgebung für einen Klima-Weckruf am Samstagmorgen. Der Platz war in dieser Zeit bevölkert mit Menschen, die fürs Wochenende einkauften und Freunde trafen. Was zu ihrer akustischen Unterstützung gefehlt hatte, war eine Öltonne. Herr Dornbusch willigte schließlich ein, dass sie eine aus dem Fundus der Theater AG zwar zweckentfremdet, aber für diesen Zweck benutzen könnten. Eine gelbe Öltonne, bedruckt mit dem Wort ÖL in dicken schwarzen Buchstaben, stand nun am Rande des Platzes. Auf einem großen Schild war zu lesen:

In einer Stadt wird schlecht regiert,
wo ÖL so manchen Sessel schmiert!
Das Klima-Quartett

Daniel schlug mit Verve mit einem Drumstick auf die Tonne. Dabei wurde er von den dreien des Klima-Quartetts durch rhythmisches Klatschen und abwechselndem Rufen: »Wir fordern die Einberufung einer Bürgerversammlung«, oder ihres auf ihrem Schild abgedruckten Slogans, begleitet. Schwer zu sagen, wie die vier auf die Marktbesucher wirkten. Aus der

Ferne ließen sie den Gedanken aufkommen, es handele sich um einen Jux. Zuerst kamen zwei Kinder angerannt, angelockt von den Trommelschlägen. Sie hüpften im Rhythmus auf und ab. Ihre Eltern, und schließlich mehrere neugierig gewordene Besucher des Marktes, versammelten sich um die Aktivisten. Die Kinder fragten ihre Eltern: »Warum ist Öl gut für einen Sessel?« Marko griff in eine Büchse und schenkte den Kindern eine Lakritz-Stange und erklärte ihnen, das sei das Öl für Kinder. Es schmecke gut, sei aber schlecht für die Zähne. Das Öl für die Heizung schmecke dem Ölhändler, sei aber schlecht für das Klima. Der Disput, der sich zwischen Jule und Willy und den Besuchern ihres Öl-Standes entwickelte, wurde lauter und lockte zusehends mehr Interessierte und neugierig Gewordene an.

Aus dem Stimmengewirr waren immer wieder Jule und Willy zu hören: »Jeder braucht eine Heizung, elementar wie Wasser.« Längere Pause... »Träumerei.« »Nein!... Wärmewende. Ziel einer klimaneutralen Stadt... Heizöl im Schwimmbad, Schule, und Rathaus.« Pause... »Erdöl haben wir genug. Klima hat sich immer gewandelt...Fahrrad.« Schließlich hatte sich eine größere Menschenansammlung gebildet, darunter auch viele Schüler, die das Klima-Quartett beim Rufen ihres Slogans unterstützten. Selbst ein zum Team von Helmut gehörender Fotojournalist leistete Beistand, indem er in den Chor einstimmte. Beim Verteilen ihres Flugblatts, auf dem sie betonten, dass die Zukunft nicht Öl sei, sondern eine Wärmeversorgung vor Ort, ein lokales Wärmenetz, baten sie die Interessierten, sich in eine Liste für eine baldige Bürgerversammlung in der Stadthalle einzutragen. Daniels Mutter hatte ihnen bereits zugesichert, dass sie bei einer solchen Versammlung bereit wäre, zum Thema «Wärmenetz statt Öl» zu sprechen. Am Ende, mittlerweile war der Marktplatz nahezu menschenleer, rollten sie ihre Öltonne an den Händlern vorbei, die gerade ihre Stände abbauten, und bekamen anerkennenden Zuspruch. Vermutlich war dies auf die stille Hoffnung zurückzuführen, den einen oder anderen Besucher des Marktes zusätzlich durch das Happening angelockt zu haben. Ihre Sammlung mit Unterschriften für die Bürgerversammlung konnte sich sehen lassen.

Neue Perspektiven

Im Ingenieurbüro für Umweltplanung saß das Klima-Quartett mit Daniels Mutter und Willys Vater zusammen an einem großen Arbeitstisch. Daniel hatte dieses Treffen vorgeschlagen, da, wie er sich ausdrückte, ihre halbgaren Vorstellungen in puncto Wärmeversorgung nicht ausreichten. In Diskussionen am Marktplatz hatten ihnen Zusammenhänge und konkretere Vorstellungen darüber gefehlt, was nun mit ihrem «Spucki» passieren müsste, um es in ein klimaneutrales Schwimmbad zu verwandeln. Aber auch Willys Vater war höchst erfreut, von Daniels Mutter, einer Kennerin dieser Materie, Näheres zu hören. Und zudem sei dies eine Gelegenheit, die Mitstreiter, die er gelegentlich zusammen mit Willy zu Gesicht bekommen habe, heute, wo es um die Belange der Stadt gehe, nochmals anders kennenzulernen. Jule nickte zustimmend, als Marko meinte: »Meine Eltern sehen unsere Aktion eher mit Skepsis. Sie haben sich eine Rüstung zugelegt, um nicht wahrzunehmen, was mit dem Klimawandel auf dem Spiel steht.«

»Begeistert war ich von euren Aktionen im ersten Moment auch nicht«, begann Daniels Mutter, »aber das muss ich euch lassen, mit dem Heizöl habt ihr den Klima-Übeltäter ausgesucht, der im Windschatten der Kohle gut überlebt hat, dessen Ableben aber nicht minder wichtig ist. Der zeitweise Ölpreisverfall hat ihn immer wieder am Leben gehalten. Wir Energieplaner wollen die Energiewende mit einer eigenen Energieerzeugung hier vor Ort erreichen. Dabei muss Treibhausgas, also CO_2, raus aus dem Heizwasser. Um erneuerbare Energien einzusetzen, braucht es genügend Fläche.«

Marko, der neben Daniel saß, war nicht entgangen, wie dieser immer wieder mit dem Körper nach vorne kippte, als ob er eingenickt wäre. Er stieß mit seinem Ellbogen kräftig in Daniels Rippen. »Peinlich«, flüsterte Daniel, »die Champions League Übertragung! Gestern wurde es spät.« Die Müdigkeitsattacke war von den anderen jedoch unbemerkt geblieben.

»Glücklicherweise haben wir Flächen im Umland, wir können in die Versorgung ein Solarfeld einbinden. Umso mehr ist die Wärmeerzeugung mit Öl in unserer Stadt ein Anachronismus. Was den Verbrauch an klimaschädlichem Öl angeht, der ist nicht von Pappe. Um das Wasser des Freibades und des Hallenbades auf die benötigten Temperaturen zu bringen, ist eine Menge Energie nötig. Als Näherungswert, ungefähr ein Drittel der Treibhausgase entstehen beim Heizen und der Warmwasserbereitung. Und dies auch bei uns hier, obwohl wir in der glücklichen Lage wären, gleich zwei Energiequellen in ein Wärmenetz einspeisen zu können. Nämlich, wie schon angedeutet, Solarenergie, aber zusätzlich auch Abwärme.«

»Könnten wir so auf das klimaschädliche Öl verzichten? Beim Sammeln von Unterschriften für eine Bürgerversammlung letzten Samstag auf dem Marktplatz wurden wir verlacht, unsere Träumerei würde wie Seifenblasen platzen. Woher, bitte schön, soll denn die Energie für das Wärmenetz kommen? war immer wieder zu hören. Und so richtig hatten wir darauf keine Antwort.«

»Das ist ja auch die eigentliche Gretchenfrage«, erwiderte zustimmend Willys Vater, »um die es in den unbefriedigenden Diskussionen in der Stadtverwaltung ging.«

»Ja, von Anfang an war dies die entscheidende Frage, mit

der das Ganze steht und fällt. In dem aktuellen Konzept eines Nahwärmenetzes ist vorgesehen, Abwärme zu nutzen, und zwar die der Großbäckerei Brezelbeck. Diese Abwärme verschwindet bisher durch den Schornstein. Zukünftig könnte die ungenutzte Back-Hitze durch Einspeisung in das lokale Wärmenetz die Energie von 30 Tausend-mal warm duschen pro Jahr liefern. Die Abwärme würde genutzt und nicht vergeudet. Das ist praktisch die Sahne auf dem Kuchen. Sie allein reicht nicht, um die veralteten Ölheizungen zu ersetzen. Es müssten zwei Heizkessel und ein etwa 1000 m² großes Solarfeld mit einer Solarthermieanlage dazukommen. Damit könnte im Sommer der Wärmebedarf für euer «Spucki», aber auch für andere kommunale Verbraucher wie die Schule, das Rathaus und für private Haushalte gedeckt werden. Hingegen in der kalten Jahreszeit und bei Sonnenflaute wären die Heizkessel da.«

»Das klingt ja wirklich zum Zupacken gut, aber wo wäre das Solarfeld, und wie werden die Heizkessel beheizt?« »Es ist euch sicherlich nicht entgangen«, antwortete Frau Herzberg, »wir haben mehrere Sägewerke in der Region. Ihre Einbindung wäre Teil des Konzepts, sie garantieren für die Herkunft des Altholzes und der Holzhackschnitzel. Auf dem zwischen Schwimmbad und Fußballverein gelegenen kommunalen Grundstück könnte das Solarfeld installiert werden. Außerdem müssten etwa 600 m Wärmeleitung verlegt werden.«

»Frau Herzberg, können Sie beipflichten«, schaltete sich Willys Vater ein, »die genutzte Back-Hitze wäre klimaneutral?«

»Ja, es handelt sich zwar um die Abwärme von ursprünglich fossiler Energie. Da sie erzeugt wird und wirkungslos verpuffen würde, ist die Nutzung als Abwärme klimaneutral. Die so gewonnene Wärme könnte in ein Nahwärmenetz eingespeist werden. Mit dem Projekt würde der Anteil an grüner Energie der Stadt um eine beträchtliche Größenordnung zunehmen. Was wir brauchen, ist also Planung, verschiedene lokale Akteure, und vor allem den Rückhalt des Bürgermeisters. Zu vergessen ist dabei auch nicht das Engagement der Bürger*innen, ihre Zustimmung und, vielleicht ganz entscheidend, euer Druck in Bezug auf die Einberufung einer Bürgerversammlung. Obwohl sich der Bürgermeister zuletzt gegen ein Wärmenetz entschieden hatte, bin ich zuversichtlich, denn die Karten liegen erneut auf dem Tisch. Es gibt nun einige Trümpfe, die die Kommunalverwaltung nicht achtlos beiseiteschieben kann. Als positives Signal werte ich auch die Äußerung des Bürgermeisters in einem Interview in der Kreiszeitung. Dort sagt er, das langfristige Energiekonzept der Stadt basiere auf Energieeinsparen und erneuerbarer Energie. Herr Fleckenstein, Sie sind in dem internen Kräftemessen in der Stadtverwaltung mehr zuhause als ich, können Sie einschätzen, wie der derzeitige Stand in der Stadtverwaltung ist?«

»Was die Stadtverwaltung, und ich beziehe mich ein, in Sachen Klimapolitik bisher umgesetzt hat, reicht nicht! Vor allem wurde es nicht entschieden genug verfolgt. Die Erkenntnis, dass Schüler den Klimawandel so ernst nehmen, wie es der Lage angemessen ist, war für manchen, insbesondere für manchen Politiker, nur schwer zu ertragen. Ich muss gestehen, der Widerstand gegen ein: ‹Weiter-so› brachte Bewegung ins öffentliche Leben. Mein Eindruck ist, dass im Stadtrat das Pendel für die Abhaltung der Bürgerversammlung in ein, zwei Wochen ausschlägt, ihr könnt sicher sein, dass ich mich mit aller Kraft dafür einsetze.«

In den nächsten Tagen überschlugen sich die Ereignisse. Das Klima-Quartett war bei seiner samstäglichen Kampagne für eine baldige Bürgerversammlung auf dem Marktplatz immer wieder umringt von interessierten Marktbesuchern. Vielleicht lag es an ihrem ausgefallenen Auftritt, auf jeden Fall hatte sich die Liste mit Unterschriften gefüllt. Auch mit der von Frau Griffrat, die ihr Kommen schon in der Schule zugesagt hatte. »Kompliment zu dieser Klima-Aktion«, meinte sie anerkennend. Die Schule sei nicht alles. Gerade auch hier auf diesem Feld könnten Schüler*innen Verantwortung übernehmen und erfahren, was sie vermögen. Auffallend bei der Klimabewegung sei: Das Gesicht werde von Aktivistinnen geprägt.

Als sie schon dabei waren, ihren Öl-Stand abzubauen, erschien Helmut Meissener bei ihnen und berichtete von einer unerwarteten Entwicklung. Der Rathauschef zeige sich wie ausgewechselt. Gerade heute Morgen habe er bei einem Telefonat zum Ausdruck gebracht, dass er, der Bürgermeister, nicht, wie die Redaktion vermutet habe, ihre Kampagne und seine Berichte in der Kreiszeitung als nachteilig empfände. Im Gegenteil, er habe den Eindruck, dass der Rathauschef die Bürgerversammlung lieber heute als morgen abhalten wolle. Er habe ein lokales Wärmenetz als überfällig und außerdem wichtig für die Stadt bezeichnet. Doch je besser die Bürger*innen über das Projekt im Vorfeld schon informiert wären, umso besser sei dies für eine zahlreiche Beteiligung und den erhofften Ausgang bei der Versammlung. In der Zeitung könne sich im Moment niemand erklären, wie es zu diesem unerwarteten Wandel gekommen sei. Um für sich zu sprechen: an eine wirkliche Wendung glaube er bis heute nicht. Insofern sei er gespannt. Jedenfalls für ihn als Zeitungsmacher sei ihre «Aktion Schwimmbad» ein Beschleuniger und ein gelungener Aufhänger gewesen, und der Öl-Stand auf dem Marktplatz reihe sich da ein.

Hoffnung und Ängste

Jule: »Ich fürchte eine andere Blindheit. Was ist, wenn der Klimawandel schneller voranschreitet und viel drastischer ausfällt, als wir uns erhoffen?«

Dilemma

Bei der Bürgerversammlung, die von Bürgermeister Sven Kühl tatsächlich schnell einberufen wurde und schon zehn Tage später im Rathaussaal stattfand, war die Spannung der Versammelten groß. Der einzige Tagesordnungspunkt war die brisante Frage, welche Energieversorgung in Zukunft in der Stadt umgesetzt werden sollte. Das Klima-Quartett war vollständig vertreten, wie auch mehrere Schüler*innen und Lehrer*innen ihrer Schule.

Der Bürgermeister eröffnete die Versammlung und zeigte sich erfreut über die große Bürgerbeteiligung. Er erwähnte in diesem Zusammenhang die mediale Berichterstattung im Vorfeld und auch den anerkennenswerten Einsatz von Schülern auf dem Marktplatz. Sie hätten mit ihrem Engagement für den Klimaschutz gezeigt, dass das Klischee von einer narzisstischen Selfie-Jugend nicht zuträfe. Ihr Klimaweckruf sei berechtigt. Im Zusammenhang mit ihrer Öltonnen-Aktion müsse er jedoch eine Feststellung machen und etwas erklären. Die Schüler sprächen etwas aus, was viele Bürger*innen ihm unterstellten und was gemeinhin mit Mauschelei bezeichnet werde. Dass dieser Eindruck entstanden sei, müsse er sich alleine zuschreiben. Schuld daran sei einerseits eine Zwickmühle, in der sich die Stadt befände, und andererseits sein Schweigen, das dem Verdacht der Vetternwirtschaft Nahrung gegeben habe. Doch heute sei nun Gelegenheit, diesen Eindruck zu korrigieren. Im Saal machten sich Unruhe und zustimmende Klopfgeräusche bemerkbar. Im Zeitalter des Klimawandels sei es ein Bumerang, ein Problem wie dieses zu ignorieren, sich ihm zu stellen, biete hingegen eine Chance.

Worin bestehe also nun die Zwickmühle und auch die Chance? Das Regierungspräsidium dränge ihn, im Flächennutzungsplan eine Windkraftanlage auszuweisen. Der Antrag eines Investors zur Errichtung einer Windkraftanlage liege dem Regierungspräsidium bereits vor. Doch seiner Überzeugung nach gäbe es in unmittelbarer Nähe der Stadt kein geeignetes Vorranggebiet für ein Windrad. Am wenigsten attraktiv aus Sicht der Stadt sei dafür das im Besitz des Investors befindliche Waldareal. Mithilfe einer Computer-Präsentation erschien nun für alle sichtbar eine Bildmontage des Windrads an dem vorgesehenen Standort. Der Bürgermeister fuhr fort: »Der Mindestabstand würde, wie vorgeschrieben, bei diesem Rad eingehalten. Einen rechtlichen Einwand gegen diesen Standort können wir damit nicht begründen. Das heißt, packen wir die Gelegenheit beim Schopf und weisen einen besseren Standort aus. Ich will betonen, es geht nicht darum, etwas zu verhindern, was ich grundsätzlich unterstütze. Unstrittig ist, der Anteil an regenerativer Energie muss zunehmen. In der Konsequenz bedeutet dies, die Stadt sollte sich mit allen Mitteln gegen die Errichtung eines Windrads an dieser Stelle wehren. Ein solches Windrad ist eindeutig ein Eingriff in eine gewachsene Schutzzone und in das Erscheinungsbild eines intakten Ortsteils.

Doch wie lässt sich genau dieses Windrad verhindern? Die Stadt sollte alles daransetzen, dass ein Areal im Flächennutzungsplan in einem offenen Gebiet wie dem «Rauhen Stich» als Alternative ausgewiesen wird. Ein wirksames Ausschlusskriterium für die Errichtung ist zudem das Vorhandensein von geschützten Tieren in dem betreffenden Areal, also vom Aussterben bedrohter Tiere, wie der rote Milan, der Schwarzstorch, Fledermäuse und auch Wildkatzen.

Hier rechne ich mit der Hilfe der Bürger. Einzelne haben möglicherweise Kenntnisse über Habitate von geschützten Tieren in dieser, um im Bilde zu bleiben, «Un-Windradregion». Jule machte ein etwas fragendes Gesicht, sie blinzelte in Richtung Marko. »Auch im Falle der Offenlandbereiche ist es für die Genehmigung eines Windrads wichtig, in Erfahrung zu bringen, ob diese Areale im Vogelflug auf dem Weg in ihr Winterquartier liegen. Auch hierfür ist es gut, wenn durch Rückmeldungen aus der Bürgerschaft das Rathaus eine Information bekommt. Für die planenden Behörden sind solche belastbaren Daten von Naturschützern von Bedeutung, da Datenbanken oft über keine Daten verfügen. Die Stadtverwaltung wird abschließend eine Stellungnahme an das Regierungspräsidium abgeben. Laut Windenergieatlas dürfen Windenergieanlagen im Wald errichtet werden, jedoch nur dann, wenn keine anderen Flächen zu Verfügung stehen.«

»Und wenn wir nichts finden und kein Hindernis für die Anlage im Wald da ist?«, kam als Zwischenruf von einem Versammlungsteilnehmer. »Am Ende wird es vermutlich eine Gesamtabwägung durch das Regierungspräsidium geben. Unser eigener Flächennutzungsplan und naturschutzrechtliche Argumente spielen dabei sicher eine wesentliche Rolle.«

In der anschließenden Diskussion wurde schnell deutlich, dass die vorgetragene Lösung des Bürgermeisters auf Zustimmung stieß. Hinzu kam, dass bei der Errichtung einer Windkraftanlage im Wald allein eine Privatperson finanziell profitieren würde, nach dem Motto »wem das Land gehört, erntet den Wind«. Dieses Argument sorgte vermutlich zusätzlich für eine mehrheitliche Ablehnung eines über dem Wald thronenden Windrades. Bei der Bürgerbefragung sprach sich jedoch die große Mehrheit dafür aus, die Möglichkeit für ein Windrad im Offenlandgebiet auszuloten.

Während der Pause näherte sich dem Klima-Quartett ein Anzugträger mittleren Alters. Er stellte sich als jemand vor, der in der Bankwirtschaft arbeite, wo er beruflich mit jungen Menschen zusammenkomme. In ihrem Eintreten für eine fossilfreie Energieversorgung stimme er ihnen absolut zu. Bei Entscheidungsträgern, z. B. in Stadtwerken oder in Unternehmen, verschiebe sich das Bewusstsein immer mehr in die gewünschte Richtung. »Nun, das geht so weit, dass Unternehmen, die den Klimaaspekt in ihrer Strategie und Ausrichtung des Unternehmens vernachlässigen, von Banken als nicht zukunftsfähig eingestuft werden. Langfristig ist nur ökonomisch, was auch ökologisch ist. Diese Haltung beschreibt allerdings keineswegs unsere Gesamtsituation, nach wie vor überwiegt eine Strategie des Abwartens. Sorge bereitet mir daher, was mit eurer Generation passieren wird, wenn die Energiewende weiterhin im Schneckentempo umgesetzt wird und die Emissionen langsam, zu langsam abnehmen, euer Engagement in der Gesellschaft also nicht die erhoffte Wirkung zeigt. Was ist dann, findet dann eine Radikalisierung innerhalb der Klimabewegung statt?«

Die Meinung des Klima-Quartetts war übereinstimmend: »Wir sind gerade dabei, den Vorwurf an unsere Generation, dass wir nur ein kurzes Durchhaltevermögen besitzen, zu widerlegen.« Und Willy meinte beim Auseinandergehen, da bereits die Fortsetzung der Versammlung eingeläutet worden war: »Es gibt einzelne Absetzbewegungen. Ich glaube aber, die Zeit ändert an der Sache selbst nichts. Die Erderwärmung geht weiter. Wir sind erst weg vom Fenster, wenn mit Klimavernunft anstelle von Verschleppungstaktik geantwortet wird. Hier im lokalen Geschehen setzen wir auf CO_2-frei, trauen Sie uns ruhig weiter etwas zu!«

»Ich hoffe, alle hatten inzwischen Gelegenheit zu einem Meinungsaustausch und haben dabei ein Glas von unserem guten Bebenhausener Trinkwasser zu sich genommen.« Der verhaltene Applaus für den Bürgermeister zu Beginn des zweiten

Teils war vermutlich darauf zurückzuführen, dass die erwartete Erklärung des Bürgermeisters noch ausstand.

Er räusperte sich. »Nach dem Exkurs in die Stromversorgung komme ich nun zu dem Thema, das in jüngster Zeit für Irritationen gesorgt hat, nämlich zu der Frage, die gerade heute in nahezu allen Städten beantwortet werden muss: Wie schaffen wir in unserer Stadt die Wärmewende? Wie bekannt ist, die bisherige Planung war bereits weit gediehen, dennoch hat sie bis vor Kurzem auf Eis gelegen. Der Grund dafür waren größtenteils rechtliche Einsprüche, die gegen ein Solarfeld sprachen. Doch nun ist ein entscheidender Durchbruch möglich.«

Sven Kühl nahm aus einem bereitstehenden Wasserglas einen kräftigen Schluck und stellte dann gemeinsam mit Daniels Mutter das Konzept vor, das das Klima-Quartett aus erster Hand bereits kannte. Die Aussicht, dass die Wärmeversorgung ihrer Stadt mit einer Kombination aus Sonnenenergie, Altholz und Abwärme machbar sei, stieß in der Bürgerversammlung auf mehrheitliche Zustimmung. Vor allem, da zu erwarten war, dass die Leistung der Solarthermieanlage im Sommer so groß sein würde, dass sie ausreichte, um in dieser Zeit vollständig auf den Heizkessel verzichten zu können.

Klimaschutz versus Artenschutz

Nach der Versammlung gab es vor dem Rathaussaal noch einzelne Grüppchen, in denen teils vernehmbare Wortwechsel stattfanden. Helmut Meissener winkte ihnen zu, doch verließ er ohne Kommentar mit eiligen Schritten das Rathausareal. Auch das Klima-Quartett konnte nicht auseinandergehen als sei nichts geschehen. In Gedanken waren sie bei dem eben Gehörten und etwas ratlos über die unerwartete Wendung.

»Das war echt crazy!«, war die erste Reaktion von Daniel.

War dem Rathauschef zu trauen, nachdem er ihnen bisher als zwielichtige Gestalt erschienen war? Der Wandel des Bürgermeisters vom Verhinderer zum Befürworter von erneuerbarer Energie hatte nicht nur sie überrascht. Hatte der Bürgermeister «Kreide gefressen«? Aber was wollten sie mehr. Ihre Aktion war gegen eine untätige Stadtverwaltung gerichtet. Dass ihr «Spucki« vielleicht bald mit heißer Backluft und regenerativer Energie anstelle von Erdöl beheizt werden könnte, war eine gute Perspektive und ein kleiner Triumph.

Daher kam es ihnen vor, als sei aus heiterem Himmel geschehen, was sich anschließend zwischen ihnen abspielte. Während sie wohlgestimmt dabei waren, den Ausgang der Bürgerversammlung zu bewerten, entwickelte sich übergangslos eine kontroverse und zusehends heftige Diskussion. Der Gegensatz bestand darin, dass Jules Glaube und ganze Hoffnung am Ausbau der Windenergie hing. Hingegen lehnten Marko, Daniel und Willy mit Vehemenz das Windrad ab, am stärksten Marko, da es den einen Fehler hatte, nämlich am falschen Platz zu stehen. Marko meinte, gerade dieses Waldareal, das für die Errichtung eines Windrads vorgesehen sei, liege nur ein paar Hundert Meter höher als der Nistplatz der Waldohreulen. Zwei unterschiedliche Welten träfen da aufeinander.

Marko: »Eine Strommaschine mit einem Turm, so hoch wie der Kölner Dom und meine Eulen! Wie passt das zusammen? Das kann nicht gut gehen.«

Und Willy war es, der sich über seine Blindheit wunderte: »Warum ist mir heute erst so richtig aufgegangen, dass Artenschutz und Klimaschutz sich bisweilen unvereinbar gegenüberstehen? Doch jetzt ist es bei mir angekommen!«

Jule, schaute die drei verwundert an, schüttelte ihren Kopf, und meinte, nun wäre es für sie an der Zeit, sich in die Diskussion einzuschalten:

»Ich fürchte eine andere Blindheit. Was ist, wenn der Klimawandel schneller voranschreitet und viel drastischer ausfällt,
als wir uns erhoffen? Seht ihr nicht die Notwendigkeit, den
Ausstoß an Treibhausgasen radikal zu senken, viel mehr als
es bisher geschehen ist, um die Erderwärmung zu begrenzen.
Der Anstieg der Durchschnittstemperatur geht Jahr für Jahr
ungebremst weiter.«

Am Beginn ihrer Aktion und ihren Diskussionen hatten sie
sich in dem Sinne geäußert, dass es darum gehe, ihre eigenen
Möglichkeiten auszuloten. Jetzt, da sie weiter waren, sahen sie
sich in einem scheinbar unauflösbaren Dilemma. In Langeoog
hatten sie unmittelbar selbst gesehen, wie wichtig für die Insel
ein schneller Ausbau der erneuerbaren Energie wäre. Dort war
ihnen klar geworden, dass für die Küstenbewohner, wie für das
Wattenmeer, unser heutiges Verhalten entscheidend ist, da davon der weitere Anstieg des Meeresspiegels abhängt. Doch der
Ausbau der Windenergie sollte naturverträglich sein. Richtig
war daher, zu verhindern, dass vor ihrer Haustür Waldflächen
verschwinden und damit die Artenvielfalt das Nachsehen hat.
Doch gerade die beiden Konfliktfelder – Ausbau alternativer
Energie und Artenschutz – prägen unsere Gegenwart. Um die
Frage, wie können sie zusammenkommen, oder zumindest zu-
sammen gedacht werden, kamen sie nicht herum.

Marko: »So viel ist sicher, aus meiner Sicht reicht der techno-
logische Blick durch eine CO_2-Brille nicht! Das hieße für mich,
die Natur ausklammern. Wenn Menschen verlernen, Natur
wahrzunehmen, sie zu lesen, zu hören, zu riechen, wie sollen sie
für etwas eintreten, was ihnen fremd ist. Es gibt Menschen, die
keinen Unterschied empfinden, ob sie von einer Buchenhecke
oder einem Drahtzaun umgeben sind. Kein Wunder, dass die
Zerstörung der Natur immer weiter fortschreitet und dass z.B.
der Bestand der wildlebenden Tierc auf der Erde in wenigen

Jahrzehnten um 60 Prozent zurückgegangen ist. Wissenschaftler sprechen nüchtern von Defaunation. Wir sind dabei die Natur zu ersetzen.« Mit einem ratlosen Schulterzucken verstummte Markos Empörung.

Jule: »Ich muss zugeben, über den Artenschwund habe ich wenig nachgedacht. Deshalb fragte ich mich, wie würde es ohne dich, Marko, aussehen. Du hast mich gerade erst infiziert mit deiner Begeisterung für Waldohreulen, für wildlebende Tiere, die in unserer nächsten Umgebung leben. Aber es gibt ebenso eine andere Realität, und die halte ich für entscheidend. Deshalb möchte ich meine bisherige Distanz, meine Fähigkeit, mich auf ein Ziel zu konzentrieren, nicht aufgeben. Und diese Realität ist das übergeordnete 1,5 Grad Ziel. Wir wissen nicht, wie schlimm die Situation wird, doch wenn ich mir die Berichte der Klimaforscher anschaue, wird es von Mal zu Mal katastrophaler. Es gibt viele gute Leute, die ein Desaster in größtem Ausmaß auf uns zukommen sehen. Zu ihnen gehört zum Beispiel der Wissenschaftler und Autor Guy McPherson, er rechnet sogar mit dem Auslöschen der Menschheit in unserer Lebenszeit. Der Treibhauseffekt könnte die Erde zu einer zweiten Venus machen. Sicherlich nicht heute oder morgen, verglichen mit der Venus enthält unsere Atmosphäre lediglich eine winzige Menge an Kohlendioxid. Der Unterschied zwischen Erde und Venus besteht darin, dass auf der Venus eine höllische Temperatur von 460 Grad herrscht. Beunruhigend ist dennoch, dass der Kohlendioxidgehalt kontinuierlich angestiegen ist. Nicht, dass ich dieser apokalyptischen Weltsicht total anhänge, aber für mich hat die Treibhausgasproblematik einen hohen, einen übergeordneten Stellenwert.«

Daniel: »Wisst ihr noch, wie wir zu einem Quartett wurden? Und jetzt ist ein Wort gegen das Windrad ein Wort gegen Jule und umgekehrt eins für die Eulen, also für Marko. Schwierig, beide Seiten unter einen Hut zu bringen. Doch wie kommen wir zusammen? Wir befinden uns auf dem Spielfeld, und dort kommt es darauf an, dass die Spieler als Mannschaft agieren und sich gegenseitig wahrnehmen.«

Willy: »Stimmt, du hast recht, das sollten wir. Doch jeder hat für seine Position Gründe. Artensterben habe ich in unseren Bächen und Tümpeln unmittelbar selbst mitbekommen, als Frösche und Molche seltener wurden und schließlich verschwunden waren. Heute weiß ich, der Klimawandel ist nicht an allem schuld. Warum sie verschwanden, wusste ich damals nicht. Ich war erbittert und niedergeschlagen. Das kann ich nicht mehr ausblenden. Jedenfalls ist dieses Urerlebnis bei mir nicht spurlos geblieben. Offenbar ist es dieser Erinnerung zuzuschreiben, sonst würde ich vermutlich wie Jule denken, also eher dem Lager der Klimaapokalyptiker zugeneigt sein. Ich würde eine radikalere Klimaposition vertreten.«

Jule: »Radikal, davon kann keine Rede sein, realistisch schon, es ist ein Realismus, der durch Erkenntnisse, durch Forschungsergebnisse der Klimawissenschaft untermauert ist.«

Ihre Diskussion wurde zunehmend heftiger. Auch der Hinweis von Daniel hatte nicht verhindert, dass sich nach wie vor zwei Fronten gegenüberstanden. Von Naturausbeutung und Plünderung der Ressourcen war auf der einen Seite die Rede, von Klimakatastrophe und Weichenstellung auf der anderen. Daniel hatte sich am Schluss mehr auf Jules Seite geschlagen. Eine gemeinsame Linie, auf die sie sich hätten einigen können, schien unerreichbar, die Diskussion wurde zäher, Missmut machte sich breit und mündete in Ratlosigkeit. Dabei blieb es. Und was bei Willy Verwirrung auslöste, war Jules ablehnende Reaktion. Sie wollte ohne ihn ihren Weg nach Hause zurücklegen, um so zu einer Haltung zu finden oder vielmehr ihre zu überdenken. Er stand ratlos da, ihm fehlten die Worte, die jetzt guttäten. Noch auf seinem Weg nach Hause bekam er von Jule eine SMS:

Ich verspüre keine Versuchung, etwas umzusetzen, dem ich nicht zustimme.

Willy an Jule: Ich auch nicht!

War das das Ende ihres Klima-Quartetts? Reichte das Verbindende? Er wollte Unstimmigkeiten möglichst schnell aus der Welt schaffen. Doch Jule hatte bei einer allerdings weniger grundlegenden Diskussion geäußert, sie brauche den Druck, der würde sie anspornen.

Ein Ausweg aus ihrer unterschiedlichen Position war nicht in Sicht. Doch seine Einstellung zu Jule hatte sich nicht geändert, wenn sie sich auch schon näher gewesen waren als in diesem Moment.

In dieser festgefahrenen Situation kam ein paar Tage später eine Einladung von Helmut Meissener an das Klima-Quartett. Er regte ein Treffen in der Redaktion der Zeitung an, er wollte ihre Sicht zu dem Ausgang der Bürgerversammlung vernehmen. Das Quartett empfand spontan die Einladung als willkommene Gelegenheit, um ihre Blockade auf neutraler Ebene aufzubrechen.

Bereits die lockere Atmosphäre, die Helmut Meissener sehr gut verstand entstehen zu lassen, erwies sich als hilfreich. Keiner versuchte den anderen zu übertrumpfen. Vielmehr berichteten sie von ihrem Dilemma und der Notwendigkeit zu einer gemeinsamen Haltung des Klima-Quartetts in dieser Frage. Nachdem sie ihre verschiedenen Positionen nochmals dargelegt hatten, wandte sich Jule an Helmut Meissener und fragte ihn, ob er eindeutig einer Ansicht zuneige.

Helmut: »Am Ende geht es nicht um das Verschwinden einer einzelnen Spezies, es geht um viel mehr. Es geht um den Kollaps eines ganzen Ökosystems, unsere Lebensgrundlage, in dem Tiere und Pflanzen eine zentrale Rolle spielen. Eine funktionierende Biosphäre ist für die Menschheit überlebenswichtig. Der Biodiversitätsverlust ist mindestens so bedrohlich und akut wie der Klimawandel. Deshalb hat der physikalische Aspekt, also die Klimaerwärmung, gegenüber dem biologischen Aspekt, also der Biosphäre, keine übergeordnete Bedeutung. Auswege und Lösungen für diese Artenkrise sind möglich. Dabei ist entscheidend, dass mehr natürlicher Lebensraum erhalten wird. Jede Renaturierung der heute von Menschen genutzten Landflächen ist ein Beitrag gegen den Artenschwund.

E.O. Wilson, der als einer der wichtigsten Biologen unserer Zeit gilt, schlug eine massive Erweiterung von Naturflächen als Naturschutzgebiete vor. Die große Frage ist, ob die Staaten der Welt die Verpflichtung eingehen, bis 2030 die derzeit 15 Prozent der unter Schutz gestellten Erdoberfläche, Land und Wasser, zu verdoppeln. Es ist eine hoffnungsvolle Maßnahme, gegen die Übernutzung von Lebensräumen, gegen das Artensterben. Wilson fordert für den Umgang mit den geschützten Naturflächen: »*Menschen, die ihr da wohnt, kümmert euch darum! Sodass innerhalb dieser geschützten Zonen die Vielfalt des Lebens oberste Priorität hat.*«

Jule unterbrach die nachdenkliche Stille, die nach dem Gehörten eingetreten war.

Jule: »Schlimm, es klingt so, als ob uns auch da eine Entwicklung davonläuft. Ich befinde mich gerade in einer Lernkurve, aber ich glaube, nicht nur ich. Der Menschheit wünsche ich eine Lernkurvenproduktionsmaschine. Wir haben zwei Krisen, die Klimakrise und dazu die Artenkrise. Beide werden nicht kleiner, wenn eine gegen die andere ausgespielt wird. Beinhaltet die Forderung der Wissenschaftler zum Erhalt von großflächigen Naturlandschaften bei näherer Betrachtung nicht beide Positionen? Die Biosphäre ist einer der großen CO_2-Speicher.

Natürliche Ökosysteme, wie Ozeane, Seen, Moore, Wälder, Graslandschaften und Buschland, nehmen uns einen Teil der Treibhausgasemissionen ab. Auf ihre Hilfe sind wir angewiesen. Sie sind zugleich Lebensraum für Pflanzen- und Tierarten, wenn wir sie schützen und erhalten. Es ist daher eine Unmöglichkeit, wenn Schutzgebiete immer weiter vermindert werden. Unstrittig ist für mich, um den Klimawandel aufzuhalten müssen wir den Ausstoß von Kohlendioxid auf null bringen. Dennoch merke ich, dass es wichtig ist, das Ganze im Blick zu behalten, also die Artenvielfalt und die Erderwärmung.«

Willy atmete hörbar auf, was Jule eben geäußert hatte, war so etwas wie eine gemeinsame Linie.

Willy: »Jule, das ist es! Wir werden dieser Auseinandersetzung um die belebte Natur nicht tatenlos zusehen, vor allem nicht hier, auf lokaler Ebene. Wir gehen, um einen von Daniel dazu passenden Ausspruch zu gebrauchen, nach dem Drippeln wieder in die Offensive. «

Während ihrer Diskussion mit Helmut Meissener war ihnen bewusst geworden: dieser Konflikt zwischen Klimaschutz und Artenschutz gehörte nicht nur in ihre Köpfe. Der Mensch-Umwelt Konflikt fand täglich in ihrer nächsten Umgebung statt und betraf sie unmittelbar. Sie mussten genau verfolgen, wie ihre Stadt damit umging. Ihre Antenne war, wie sie nun festgestellt hatten, einseitig ausgerichtet und empfing nur einen Teil der Signale.

Jule: »Ich tue mich schwer mit dem was in mir vorgeht. Die naheliegende Frage aus den letzten Tagen, einschließlich heute, ist aber, stimmt die Bezeichnung «Klima-Quartett« inzwischen mit dem überein, was wir wollen?«

Marko war es, der in diesem Moment rausrückte, eine Änderung sei an der Zeit, von Anfang an störte ihn ihre Firmierung: Klima-Quartett.

Marko: »Wir wollen einen anderen Umgang mit unserem

ganzen Ökosystem! Die Konsequenz ist für mich eine Umbenennung. Wir nennen uns zukünftig Öko-Quartett, oder kurz: einfach Quartett.«

Ein Widerspruch kam nicht auf. In den letzten zwei Tagen hatten sie mehr als eine Klippe umschifft.

Erkundungen

Übereinstimmend fanden sie schließlich, wenn ihr Wald zum Lebensraum für Fledermäuse gehört, gäbe es bessere Stellen für Windkraft. Was für das Quartett zudem feststand: Der Hilferuf des Bürgermeisters, die tierischen Bewohner ihres Waldes zu beobachten, war kein Ablenkungsmanöver, sondern ein aus der Not geborener Vorschlag an Naturbeobachter. Offensichtlich gab es für die Stadt keine Daten über die Existenz von geschützten Tieren. Es handelte sich um ein großes Waldareal hinter dem «Spucki«. In diesem Dschungel voller Unterholz und Sträuchern war Marko unterwegs, aber nun nicht mehr bevorzugt als Naturbeobachter der Waldohreulen, sondern auch in dem darüber liegenden Waldgebiet, wo es freie Flugbahnen für Fledermäuse gab.

Manche Arten, so viel wusste er, überwintern hier und andere werden im Herbst zu Langstreckenziehern und ziehen aus dem Norden nach Südwest und legen dabei große Strecken zurück. Doch noch war es nicht die Zeit für einen Quartierswechsel. Die nächsten zwei bis drei Wochen würden für ihre Erkundungen bleiben, falls die Fledermäuse in ihr Winterquartier abziehen sollten. Doch gab es Fledermäuse? Vermutlich in den etwas höheren Regionen, die Marko bisher weniger aufgesucht hatte. Wie Schwalben brauchen sie insektenreiche Gebiete. Und diese Grundvoraussetzung bestimmt die Auswahl des Nistplatzes und Jagdgebietes. Marko wusste von einem wissenschaftlichen Bericht, dass Fledermäuse in einer Nacht bis zu 4000 Mücken fangen. Diese lieben es feucht und warm. Dieser Sommer war viel zu trocken und möglicherweise waren die Fledermäuse längst, wohl oder übel, der Nahrung gefolgt.

Der Samstag bot beste Bedingungen, ein sonniger Herbsttag, als die Vier sich aufmachten zu einer Fledermaus-Erkundungspirsch. Dank Marko hatten sie Anhaltspunkte dafür, wie sie vorgehen wollten. Ihr Ziel war es, Fledermäuse in dem fraglichen Waldareal aufzuspüren, denn gerade auf sie träfe zu, dass sie bei der Jagd nach Insekten durch Rotoren einem Kollisionsrisiko ausgesetzt wären. »Was glaubt ihr«, war die Frage von Marko an die Runde, »wie groß ist die Gefahr für Fledermäuse durch einen Rotor erschlagen zu werden? Ich war beunruhigt, als ich hörte, wie in der Nähe von Windkraftanlagen die Zahl der Füchse zugenommen haben soll. Die Erklärung ist einfach, dort fällt die Nahrung vom Himmel. Untersuchungen haben gezeigt, dass pro Rotor in ausgewählten Windkraftanlagen jährlich acht, in Einzelfällen deutlich mehr Fledermäuse getötet werden. Vielleicht hört sich diese Zahl nicht alarmierend an, doch bei 30 000 Windkraftanlagen in Deutschland müsste es selbst Windradfreaks unbehaglich zumute werden.«

Sie bewegten sich in einer Reihe langsam den Berg empor, abwechselnd auf Wegen und dann wieder im Unterholz und achteten auf Bäume mit Baumhöhlen und auf Kotkrümelchen. Gab es glitzernde Teilchen, die vom Chitinpanzer verzehrter Insekten stammten? Fänden sie solche, wäre dies ein sicherer Indikator für das Vorhandensein von Fledermäusen. Immerhin eine Möglichkeit, wahrzunehmen, ob es welche gab, denn Fledermauslaute sind für uns nicht hörbar. Ihr Echolot, mit dem sie sich orientieren und ihre Beute jagen, liegt im Ultraschallbereich. Also mussten sie andere Spuren finden. Das Gebiet, in dem sie sich nun bewegten, war auch für Marko Neuland und weitgehend unberührte Wildnis mit teils mannshohen Brennnesseln. Es duftete nach Baumharz, nach Tannennadeln und nach Pilzen. Zwei Steinpilze, Prachtexemplare, steckte Jule freudig in ihren Rucksack. Sie waren nach einem letzten Anstieg oben an der Hügelkette des Waldes angekommen. Von dort hatten sie eine freie Rundumsicht, auf die Landschaft, die der Bürgermeister als Offenlandbereich bezeichnet hatte. Im Tal sahen sie verstreut ein paar Häuser, ihr Blick blieb an einer Fabrikanlage hängen, aus dem hoch in den Himmel ragenden Schornstein entströmten Rauchschwaden in den Abendhimmel. Sie ließen den Blick schweifen. Sie konnten Mäusebussarde und Falken ihre Kreise ziehen sehen, doch nicht, was sie sehen wollten: Beweise für die Existenz von Fledermäusen.

Es war Zeit für eine Stärkung. Vor allem mussten sie überlegen, wie sie ihren Rückweg bewerkstelligen wollten. War es klug abzuwarten, bis die Dämmerung langsam in die Dunkelheit überging? In der Dämmerung hatten sie zwar die beste Chance, Fledermäuse direkt bei der Jagd nach Insekten zu entdecken. Marko hatte eine Stirnlampe. Er könnte im Dunkeln als Wegführer vorausgehen und sie würden ihm im Gänsemarsch folgen. Das war eine Möglichkeit. Zumindest fand Willy nichts Abschreckendes dabei. Er war im Schwarzwald in den Ferien schon früher bei einsetzender Dunkelheit auch allein im Wald unterwegs gewesen, allerdings auf Wegen, die er gut kannte. Doch keiner wollte als Angsthase dastehen. Sie vertrauten Marko, indem sie sich überzeugen ließen, bis zum Einbruch der Dämmerung zu warten, als er versicherte, nach einem begrenzten Wegstück auf ihm vertrautes Gelände zu kommen. Im Offenlandgebiet wurden nun die ersten Lichter in den Häusern angeknipst. Marko war auf einen Hochsitz geklettert und suchte mit seinem Glas nach allen Seiten nach diesen schnellen, kleinen Insektenjägern den Himmel ab. Das Surren der letzten Käfer-Heimkehrer war zu hören. Über ihnen kreiste eine Schar von Stechmücken. Und da vernahmen sie auch die aufgeregten Rufe von Marko.

Marko: »Dort bei der großen Fichte direkt vor mir, eindeutig, das sind welche, mehrere, vier, fünf. Könnt ihr sie sehen?« Doch unten war Stille. Erneut Marko: »Sie kommen zurück, direkt auf uns zu.«

Und nun sahen alle vier die Fledermäuse. Mehrere größere und kleinere, die scheinbar unmotiviert ihre Flugbahn änderten und immer wieder in Sekundenschnelle auftauchten und wieder verschwanden.

Was bedeuteten ihre Erkenntnisse, reichten ihre Beobachtungen als Hinweise, die auch der Bürgermeister einbringen konnte? Immerhin ein Anfang, den sie ausbauen konnten. Marko hatte aus der Höhe des Hochsitzes versucht, die Existenz der Fledermäuse in diesem Areal in mehreren Aufnahmen festzuhalten. Doch es war allerhöchste Zeit, den Rückweg anzutreten. Die einsetzende Dunkelheit ließ nur schemenhaft Bäume und Büsche erkennen, alle Geräusche der Waldtiere waren verstummt. Allein das Rascheln und Knacken von Ästen beim Gehen war noch zu hören.

Jule die sich beim Gehen an Marko, der vor ihr mit seiner Stirnlampe den Weg beleuchtete, orientieren konnte, meinte:

»Ich komme mir vor wie bei unserer ersten Nachtwanderung zu den Waldohreulen. Es ist eine eigene Atmosphäre, irgendwie intensiver als am Tag. Gut zum sich Sortieren. Rückblickend finde ich, unsere Debatte neulich hat uns zugesetzt, doch der Druck kam von der Sache. Es ist auch anders, wenn irgendwelche Hirnis sich zusammentun, um dich fertigzumachen.«

Marko, der in dem unwegsamen Gelände einen Weg suchte, nickte zustimmend. Jule musste lauter werden, da sie nicht nebeneinander gehen konnten.

Jule: »Für alles was wir zusammen machen, soll auch künftig gelten: Harmloses agieren bringt nichts. An die Stadtverwaltung hatten wir eine konkrete Forderung. Helmut hat uns gefragt, was wir bewirken wollen. Langsam sehe ich so etwas wie einen Durchbruch. Dennoch fehlt etwas. Wir waren alle überrascht von dem Verlauf der Bürgerversammlung. Versteht ihr, was ich meine? Wir müssten früher an die Information rankommen. Banner hochhalten und protestieren ist eine Sache. Aber kann es nicht auch anders gehen? Im Vorfeld, wenn etwas ausgehandelt wird und Weichen gestellt werden, müssten gerade wir, die junge Generation, vertreten sein. Daran sollten wir arbeiten. Wir sind noch Schüler, aber unsere Reichweite ist größer als das Klassenzimmer. Uns interessiert doch zusehends, wo ist unser Platz in der Kommune? Ich möchte unsere Wasserball-Aktion nicht zu hoch hängen, doch wer weiß, vielleicht verspürte der Bürgermeister einen Wink, der mit uns zu tun hatte. Er agiert auch nicht im luftleeren Raum.«

»Bestimmt nicht!«, war nun von Marko zustimmend zu hören. Auf sich zeigend, bot er der hinter ihm Gehenden, etwas ins Straucheln geratenen Jule an: »Hier kannst du anfassen.« Inzwischen umfing sie Dunkelheit, die durch das Licht der Stirnlampe von Marko durchbrochen wurde. Er fuhr fort:

»Ohne unsere Aktion wären wir doch niemals zu der Bürgerversammlung gegangen, dann die Gespräche in der Zeitung mit Helmut und jetzt die Fledermäuse.«

»Wie soll es weitergehen?«, durchbrach Willy die eingetretene Stille. Er führte seinen Gedankengang nicht gleich zu Ende, da er sich auf das Gelände konzentrieren musste. Sie hatten sich an den Händen gefasst, um auf diese Weise einen unsanften Sturz zu verhindern. »Wir sind uns in unserem Quartett näher als am Anfang.«

»Oh ja«, fuhr Daniel dazwischen, »ich wüsste nicht, mit wem sonst ich im Dunkeln im Gänsemarsch durch den Wald pilgern und Fledermäusen nachspüren würde. Aber es ist das reinste Gleichgewichtstraining. So habe ich das noch nie gemacht. Aber ohnehin, vielleicht können wir solche Gänge in ein Programm «Weniger Licht stärkt Gleichgewicht» aufnehmen, und gleichzeitig daran erinnern, dass wir in Deutschland derzeit mehr als drei Erden verbrauchen.«

Willy: »Keine schlechte Idee, das wäre doch ein Tipp für deinen Fußballverein.«

Daniel: »Das kannst du laut sagen, aber langsam regt sich in unserem Verein in dieser Richtung etwas, auch bei der Beschaffung von Trikots. Sie sollen nun recycelbar sein.«

Die vier hatten sich auf dem steilen Waldabhang weiter nach unten bewegt. Marko musste sich immer wieder neu orientieren, um schließlich auf bekannte Wege zu kommen. Als die Umrisse der ersten Häuser sichtbar wurden, hielt Willy an.

Willy: »Was du sagtest, Jule, bringt mich auf einen Gedanken. Wir können sehen, wie weit wir mit unserem Vorstoß kommen. Der Bürgermeister bekommt unsere ersten Beobachtungen zu der Fledermaus-Besiedlung. Warum sollen wir ihn bei dieser Gelegenheit nicht direkt fragen, wie wir an künftigen Entscheidungsprozessen teilnehmen können? Nicht in der Rolle als Trittbrettfahrer. Nein, indem die Stadtverwaltung sich uns gegenüber öffnet. Uns eine Plattform gibt. Wir müssen selbst Verantwortung übernehmen. Wo genau wird sich noch zeigen. Es bedeutet jedenfalls: dranbleiben und sehr aufmerksam verfolgen, wie sich die Sache mit der Windenergieanlage entwickelt!«

Den Vieren war klar, dass sie sich vor einer neuen Weichenstellung befanden, die eine weitere Herausforderung bedeutete. Vielleicht lag genau darin ein Reiz, der sie auch zusammengeführt hatte.

Argumente

Wie sich im Nachhinein herausstellte, hatten sie die richtige
Strategie gewählt, um mit dem Bürgermeister ins Gespräch
zu kommen. Sven Kühl hatte bereits versucht, ein Büro für
ökologische Landschaftsplanung mit einem Fachgutachten zur
Fledermauspopulation zu beauftragen. Doch der Versuch der
Stadtverwaltung war gescheitert, da die entsprechenden Büros kurzfristig keine gutachterlichen Aufgaben übernehmen
konnten. Aber die Zeit drängte. Die Stellungnahme für das
Regierungspräsidium war fällig. Da Fledermäuse bei der Planung von Windkraftanlagen eine Rolle spielen, wäre es un-
klug, diesen Gesichtspunkt bei der vorhandenen Sachlage nicht
zu verfolgen.

Der Rathauschef war somit verständlicherweise gespannt,
was das Quartett ihm mitteilen konnte. Im ersten Moment
zeigte er sich erfreut über die Schilderung und das Vorkommen
von Fledermäusen in der fraglichen Region. Doch für eine
fundierte Bewertung von Fledermausdaten seien, wie er zu be-
denken gab, die Flugaktivitäten der Fledermäuse während einer
ganzen Flugperiode, also mindestens pro Untersuchungsnacht,
als Entscheidungsgrundlage notwendig. Er selbst sei daher in
dieser Sache bisher nicht weitergekommen. Als die Vier ihm, als
ob das ganz selbstverständlich wäre, antworteten, sie wüssten
um diese Anforderung, doch dies wäre kein wirkliches Hindernis, da gerade dafür inzwischen ein computergestütztes, auto-
matisches Verfahren existiere. Er hatte sie erstaunt angeschaut
und musste insgeheim einräumen, dass Schüler und auch das
Quartett bisweilen findiger vorgehen als Verwaltungschefs
eines Rathauses. Marko gab dem Bürgermeister zu erkennen,
dass er sich auf Waldohreulen festgelegt hatte und aus nach-
vollziehbarem Grund nun die Fledermäuse dazugekommen
seien. Bei dem für die nachtaktiven Fledermäuse genannten

Beobachtungsverfahren, so Marko, handele es sich um einen seit Kurzem verfügbaren sogenannten Fledermaushorchkasten, ein Hightech Werkzeug. Dieser Kasten zeichne die für Menschen nicht erkennbaren Fledermauslaute auf und versehe sie zudem mittels einer GPS-Funktion mit genauen Ortsangaben.

Als kleiner Wink an den Bürgermeister erwähnte Willy nun, dass es eine Zusammenarbeit auf dem Gebiet der Artenvielfalt zwischen verschiedenen Universitäten, staatlichen Forstwirtschaftsstellen und Schulen gäbe. Und warum sollte eine Vereinbarung nicht auch möglich sein zwischen dem Klima-Quartett, weiteren interessierten Schülern und ihrer Stadt? Eine Beteiligung sei doch im Sinne der Landesregierung. Im Klimaschutzpakt des Landes sei explizit vermerkt, dass die Klimaschutzaktivitäten der Kommune für Bürger*innen sichtbar und erlebbar sein müssen. Sven Kühl zeigte sich abermals überrascht von ihrem Vorstoß und sagte, er käme sich ein bisschen überrumpelt vor, aber er habe ihnen schon vorschlagen und sie dazu ermuntern wollen, an dem ausgeschriebenen Klimaschutzpreis für Schulen teilzunehmen. »Das ist eine Sache, die die Schule sicherlich verfolgt, aber uns geht es um etwas anderes. Wie kann Klimaschutz in unserer Stadt unter Beteiligung der jungen Generation in einem kontinuierlichen Prozess verfolgt und beeinflusst werden?«, warf Jule ein. Gedacht hatten sie an eine Beteiligung an Planungsvorhaben, also an eine frühzeitige Beteiligung. Eine passende Einrichtung wäre indessen ein Klimatisch. Teilnehmer könnten z. B. der interne Energierat der Stadt sein, der Klimaschutzmanager des Landkreises, Bürger- und Schülervertretungen, Wissenschaftler, Sachverständige, die Presse und letztlich alle interessierten Bürger*innen.

Der Bürgermeister gab zu verstehen, dass er ihr Engagement sehr ernst nähme, sie auch recht hätten mit der Verpflichtung zur Kommunikation, um Klimaaktivitäten der Kommune sichtbar und erlebbar zu machen. Die Gemeinde brauche jeden Einzelnen, um rauszukommen aus der Treibhausspirale.

»Das spricht für unseren Vorschlag«, meldete sich Marko. »Ich bin überzeugt, wenn die Bürger*innen einbezogen werden, gelingt die Umsetzung von Umweltmaßnahmen am besten, darum geht es ja. Ich würde sogar so weit gehen und sagen, die meisten Maßnahmen funktionieren nur, wenn die Menschen mitmachen.«

Dem Bürgermeister war nicht anzusehen, wie er zu ihrem Vorstoß stand, doch er versicherte, dass es in der Stadtverwaltung derzeit eine Beratung darüber gäbe, welche Maßnahmen geeignet seien, um die Kommunikation zu verbessern. Ihren Beitrag in Form eines Klima-Tisches werde er bei der nächsten Sitzung zur Diskussion stellen. Sobald ein Fledermaushorchkasten vorhanden sei, würden Messungen vorgenommen werden, und er rechne mit ihrer Beteiligung. Die Forstverwaltung sei über die Notwendigkeit solcher Maßnahmen bereits informiert.

Das Quartett verließ das Rathaus in dem Bewusstsein, ihre Sache gut vertreten zu haben. Nun mussten sie abwarten, wie die Reaktion des Bürgermeisters ausfiel. Sicherlich, ein lobendes Schulterklopfen wäre zu wenig. Der Zeitpunkt für ihren Vorstoß war genau richtig, die Idee lag in der Zeit. Die Zustimmung für eine Beteiligung am Umweltgeschehen wäre für ihre Stadt zwar ein Novum, aber vielerorts fehlte es nicht an ermunternden Beispielen für eine Beteiligung von Bürgern an Entscheidungsprozessen. Im Nachhinein fanden sie zudem heraus, dass ein kommunaler Klimatisch, quasi in Großformat, bereits existierte. In Frankreich hatte Präsident Emmanuel Macron einen Klimabürgerrat für das ganze Land ins Leben gerufen. Er besteht aus 150 Teilnehmer*innen, die per Zufall aus allen Regionen Frankreichs ausgelost worden waren.

Helmut Meissener hatten sie versprochen, sich zu melden,

sobald sie etwas Konkretes über die heimische Fledermaus-population sagen könnten. Daraus könnte ein weiterer gemein-samer Vorstoß werden.

Ein qualitativer Sprung

Willys bisherige Abneigung gegen Bücher hatte sich gewandelt. Inzwischen war es für ihn unvorstellbar, abends vor dem Ein-schlafen nicht noch in einem Buch zu schmökern. Was ihn veranlasste, sich gerade in die auf dem Bodenraum abgestellten Bücher zu vertiefen, kam ihm im Nachhinein wie eine Ein-gebung vor. Nichtwissen und Fragen zu seinen Vorfahren in der Zeit von Willi Fleckenstein rumorten gelegentlich in ihm. War es Ausdruck eines Schuldgefühls, herausfinden zu wollen, was es für die Menschen damals bedeutete im «hölzernen Zeit-alter», wie es von Historikern bezeichnet wird, ohne genügend Holz zu sein, als seine Vorfahren in jener vorindustriellen Zeit Köhler und mehr Waldräuber als Waldbauern waren, und Menschen Not leiden mussten? Doch ist unsere Auffassung von der Landnutzung heute ebenso wie die zur Zeit unserer Vorfahren? Wenn ich wüsste, warum die Menschen damals nicht abgelassen haben von der Abholzung bis zum Kahlschlag, warum sie keine Skrupel plagten bei der Ausbeutung von Res-sourcen, dann wüsste ich auch, warum die Menschen heute nicht ablassen, die Meere zu vergiften und die Luft mit Treib-hausgasen zu überfrachten, warum die ökologischen Folgen der Nutzung und Förderung von fossiler Energie und Boden-schätzen in Kauf genommen werden, mit katastrophalen Aus-wirkungen. Vielleicht ist der Motor, der die Menschen heute antreibt, der gleiche, wenn auch der Kontext, in dem wir leben, sich verändert hat.

Willy nahm ein in Leder gebundenes, etwas verstaubtes

Buch in die Hand. Es war von Alexander Braun, einem Naturforscher und Botaniker. Seine Welt, seine Beschreibungen erschienen ihm höchst aktuell, dabei waren es Berichte und Abhandlungen über Erkenntnisse, die zwei Jahrhunderte zurücklagen. Es war jedoch ein Dokument, das Willy las und nochmals las. Es handelte von Pflanzen, die in der Lage sind, Metalle aus dem Boden aufzunehmen und in den Blättern zu speichern.

Braun beschrieb 1855 vermutlich zum ersten Mal eine Pflanze, das Gelbe Galmei-Veilchen, *Viola calaminaria*, das Zink anreichert. Zugegebenermaßen ist diese Fähigkeit, losgelöst von einem Bezug, nicht besonders aufregend. Bei Willy verband sich jedoch unwillkürlich das Gelesene mit der Erinnerung an ein Schild, das er als Kind an mancher Apothekentür im Schwarzwald gelesen hatte:

»Hier können Proben für die Bestimmung von Schwermetallgehalten heimischer Gartenböden zur Untersuchung abgegeben werden.«

Warum ihm diese Schrifttafeln an der Apothekentür damals so auffielen, dass das Gelesene bis heute haften blieb, konnte er sich nicht erklären, denn über die Risiken von Schwermetallen für die Gesundheit wusste er damals sicherlich nichts. Vielleicht hatte ihm seine Großmutter damals versucht zu erklären, dass Schwermetalle in Pflanzen vorhanden sein können, also auch in Obst und Gemüse, und schädlich seien. Allerdings kommen Schwermetalle von Natur aus nicht an der Erdoberfläche vor. In die Umwelt gelangten sie zuerst durch den Bergbau.

Alte und umfangreiche Erzgruben gab es, sie wurden immer wieder erwähnt und waren Willy daher nicht unbekannt. »Am Anfang stand immer die Holzkohle«, war ein Satz, den er von seinem Großvater kannte. Bergbau und Köhler gehörten zusammen, sie haben eine gemeinsame Geschichte, ohne Holzkohle, ohne Köhler, keine Erzgewinnung.

Der Erzabbau zur Gewinnung von Metallen wie Blei, Kupfer, Zink, Silber blieb nicht ohne Folgen. Schwermetalle verseuchten die Böden in den alten Bergbaurevieren, durch Flüsse und Bäche wurden sie in den Sedimenten flächenhaft verteilt und gelangten so in die Pflanzen. Aber in welchem Ausmaß hatte sich die chemische Zusammensetzung des Bodens und der Gewässer verändert?

Wichtig war daher, über die aktuelle Beschaffenheit, d.h. die Verseuchung der Böden mit Schwermetallen eine zuverlässige Angabe zu bekommen. Wie groß waren die Schadstoffanreicherungen in den Schwarzwaldgemarkungen? fragte sich Willy. Spekulationen über erhöhte Gehalte brachten ihn nicht weiter, es ging ihm um genaue Angaben. Zumindest das schien kein Problem zu sein, Schwermetalle lassen sich analytisch bis in den Bereich kleinster Spuren exakt nachweisen. Das wollte gewiss nicht nur er wissen, bestimmt auch Umweltbehörden. Sie kontrollieren die Schadstoffe in Böden, in Baden-Württemberg die LUBW, die Landesanstalt für Messungen, Umwelt und Naturschutz. Dort wurde Willy auch fündig. Der Bericht zu bergbaubedingten Schwermetallgehalten eines damit beauftragten Gutachterbüros für Boden und Geologie in Freiburg verfügte über Messergebnisse. Für Willy waren es nicht nur nüchterne Zahlen, die Bewertung las er wie eine Mischung aus Schadensbericht und Krimi. Die belasteten Flächen waren groß, Teile des nahen und einschlägig bekannten Weinbaugebiets hätten darin Platz gefunden. Der Bericht zeigte die Belastung mit Schwermetallen wie Blei, Kupfer, Zink und Cadmium sehr deutlich, nicht nur in den Böden und ackerbaulich genutzten Flächen und Wiesen, sondern auch in den dort wachsenden Pflanzen. Offensichtlich war das Problem der Schwermetallbelastung seit Jahrzehnten als Gefahr bekannt und schwarz auf weiß beschrieben – aber ungelöst.

Können metallfressende Pflanzen die verseuchten Böden wieder in nutzbare Ackerflächen verwandeln, war das die Botschaft von Alexander Braun an die Gegenwart? Wieviel hat sich seit Alexander Brauns erstem Hinweis vor 200 Jahren getan, was weiß man heute über solche Pflanzen? Und wer könnte ihm dabei auf die Sprünge helfen? Wusste Jule etwas dazu, sie las querbeet alles was mit Umwelt zu tun hatte, doch sie musste passen. Zumindest konnte sie seine Euphorie, seinen neuen Wissenshunger gut nachvollziehen. Vielleicht war er bei Helmut Meissener an der richtigen Stelle. Als Willy den Grund seines Anrufs genannt hatte, schien es ihm, als ob er über das Telefon spüren könnte, wie es in dessen Kopf anfing zu arbeiten. Er sprach von Phytosanierung oder Phytomining, also in etwa Sanierung durch Pflanzen und pflanzlichem Bergbau, und von Pflanzen als Hyperakkumulatoren. Für einen Überblick nannte er verschiedene Zeitungen, wo Willy fündig werden könnte. Aber auch einen britischen Pflanzenforscher, der auf diesem Gebiet seit Jahren forschte, Alan Baker, vor allem aber Ute Krämer, metallfressende Pflanzen sei ihr Spezialgebiet. Ute Krämer sei Pflanzenphysiologin mit einem Lehrstuhl in Bochum.

Natürlich war den Mitstreitern des Quartetts nicht entgangen, dass Willy neuerdings hauptsächlich von metallfressenden Pflanzen sprach. Vor allem waren es die ungewöhnlichen Eigenschaften dieser Pflanzen, die Willy nicht müde wurde, ihnen nahezubringen. Dabei gehe es keineswegs nur um historische Bergwerke im Schwarzwald. Dass der Rohstoffhunger der Hightechindustrie riesig sei und von Jahr zu Jahr wachse, sah das Quartett wie Willy. Und überhaupt, entsprach der Gedanke nicht genau der Forderung, Flächen durch Renaturierung in den Lebensraum der Natur zurückzugewinnen? Die Mitstreiter des Quartetts konnten jedenfalls in Willys Tun keinen Widerspruch zu ihrer gemeinsamen Überzeugung erkennen. Wenn sie ihn auch neckten mit seinem im Konjunktiv angesiedelten Pflanzengebäude, der Hyperakkumulatoren. Sein

Enthusiasmus wurde dadurch nicht kleiner, schließlich war es eine bedeutsame Perspektive. Und zur rechten Zeit etwas, das ihnen wieder neuen Schwung verleihen könnte in einer Phase, in der die Zögerlichkeit und das Schlafwandlerische ihrer Stadtverwaltung, wie auch der großen Politik, andauerte.

Das Quartett war ohnehin in Warteposition, da eine Nachricht des Bürgermeisters noch ausstand. Vorausgegangen war jene Zeit, als die Fridays for Future Bewegung immer mehr Zulauf bekam, von Freitag zu Freitag gingen mehr Jugendliche zu den Freitagsdemonstrationen. Schulbehörden gerieten wegen des landesweiten Schulstreiks in Bedrängnis, die ersten Bundesländer drohten den streikenden Schülern mit Bußgeld. Die Demonstrationen waren auch für das Klima-Quartett ein Großereignis, ein Kick. Sie verstanden sich als Teil der Klimabewegung, schließlich wurde dort der Wille zu einer Veränderung durch ihre Generation sichtbar für eine große Öffentlichkeit zum Ausdruck gebracht. Aber sie waren sich einig, sie wollten Einfluss und Verantwortung an jenem Ort, wo sie Wurzeln verspürten. Global demonstrieren, lokal handeln, auf diese Kurzformel hatte Marko ihr Tun gebracht, sie kam zudem seiner Neigung entgegen, mit Worten möglichst sparsam umzugehen. Erfolgreich setzten die wöchentlichen Schüler-Aktionen Fridays For Future der Politik mächtig zu. Und diesbezüglich hatte die Bewegung Erstaunliches zustande gebracht. Mit der Unterstützung durch Wissenschaftler, den Scientists For Future, entwickelte sich ein Zusammenspiel, die Klimabewegung machte sich zum öffentlichkeitswirksamen Sprachrohr der Klimawissenschaftler. Da sich der Klimawandel indessen ungebremst fortsetzte, wurde immer deutlicher: Eine Transformation ist unausweichlich. Entweder transformiert sich die Menschheit zu einer klimaverträglichen Gesellschaft, oder die steigende Erderwärmung transformiert mehr und mehr unseren Planeten. Eine globale Erwärmung auf nicht mehr als 1,5 Grad galt als tolerierbar und auch als noch einlösbar. Doch von Klimavernunft war weiterhin wenig zu spüren. Taktieren und beschwichtigende Versprechen der Politik existierten unverändert.

Nachdem Willy nun um die tatsächlich vorhandenen Schwermetallbelastungen wusste, stand sein Entschluss fest, aktiv zu werden. Die Idee ließ ihn nicht los, nicht einmal im Schlaf. Anders konnte er sich seinen Traum eines Morgens nicht erklären. In ihm handelte es sich um eine Prüfungssituation. Dem Prüfling gegenüber saß eine junge Frau, professoral aussehend, sie blickte konzentriert durch eine Brille, wohl hatte sie sich mit Bedacht streng gekleidet. Aus ihrer Aktentasche entnahm sie einen Bogen. Der Prüfling wusste, darauf stand seine Prüfungsfrage!

»Bevor ich meine Frage stelle«, vernahm er von der Prüferin »würde ich mit Ihnen gerne ein paar Schritte gehen.« Während sie gemeinsam entlang einer Straße auf- und abgingen, verlangsamte sie ihre Schritte und schaute ihn direkt an, ohne erkennbare Gesichtsregung: »Sie sind mir angekündigt als der unfreundlichste Mensch, ist das so?«

Der Prüfling antwortete: »Warum sollte ich freundlich sein, bringen die Menschen doch das nicht in Ordnung, was in Unordnung ist.«

Mein Unterbewusstsein teilt mir etwas mit, dachte Willy beim Frühstück, während er seinen Traum nochmals wie einen Film ablaufen sah, er enthält mehrere versteckte Botschaften! Eindeutig, eine zumindest geht nicht nur mich an.

Der Prüfling spricht von uns, denen er nicht freundlich begegnen will. Klar ist, was er missbilligt. Es ist unser Naturhaushalt, der sich in Unordnung befindet. Der Erzabbau ist ein Beispiel dafür, wie im Naturraum ungehemmt Materie bewegt und Fläche verbraucht wird. Es ist unsere Wirtschaftsweise und Lebensweise. Sie hat die Unordnung hervorgerufen, sie gilt es zu ändern.

Wie wollen wir da rauskommen, fragte sich Willy, als er durch die Geräusche im Haus wieder daran erinnert wurde, was er sich für heute vorgenommen hatte. Doch die Gedanken führten ein Eigenleben, sie wollten seinen Kopf nicht verlassen: Für meinen kleinen Begleiter, mein Smartphone, lass es aus 100 Gramm Material bestehen, wurden bei der Herstellung 45 Kilogramm Natur verbraucht. Wasser und Landverbrauch kommen dazu. Unser «gutes» Leben sorgt dafür, dass wir Wälder dem Kahlschlag opfern, Feuchtgebiete und Moore trockenlegen, den Ackerboden als Speicher für organischen Kohlenstoff entleeren, die Bodenerosion beschleunigen, den Lebensraum von Pflanzen und Tieren reduzieren, oder gar ausrotten. Ohne Bruch, ohne Systemwechsel kommen wir da nicht raus. Eine naturverträgliche Welt ist eine andere, es ist ein Leben innerhalb ökologischer Grenzen.

Zumindest ein Teil in dem Traum spricht unmittelbar mich an. Wenn ich gerade auch am eigenen Leib erfahren habe, es kann tiefgründiger sein, zu schlafen als zu wachen, doch Nichtstun wäre eine vertane Chance. Was braucht es noch, er enthält so etwas wie eine Aufforderung, auf was warte ich? Es ist richtig, bestimmt handelt es sich bei dem, was ich erreichen möchte, um einen längeren Prozess, der einer Prüfung ähnelt. Jetzt geht es um einen Anfang, die Fähigkeit metallsammelnder Pflanzen im Wiesental zu erproben. Dazu brauchte er die Unterstützung des wissenschaftlichen Instituts, den Einsatz dort vorhandener Methoden, der Bodensäuberung mit Hilfe von Pflanzen. Willy überlegte nun, wie er vorgehen konnte. Er kopierte den Bericht des Freiburger Gutachterbüros. In seinem beigefügten Begleitschreiben an Frau Professor Krämer, beschrieb er seine Gründe für die Idee einer Metallsäuberung durch Pflanzen und deren Bedeutung für die Menschen und Landschaft dort. Seine Sorge für die belasteten Gemarkungen mit der dazugehörigen persönlichen

Geschichte, also auch der Geschichte seiner Vorfahren, erwähnte er in diesem Zusammenhang beiläufig. Möglichst
zurückhaltend deutete er seine Hoffnung auf eine persönliche
Begegnung und eventuelle Klärung mit Frau Krämer im Institut an, oder falls dies nicht realisierbar sei, einen zunächst
telefonischen Gedankenaustausch.

Mit einer schnellen Reaktion aus Bochum hatte Willy nicht
gerechnet, aber Woche um Woche verstrich, keine Nachricht,
sein digitales und lokales Postfach blieb leer. Der entstandene
Dämpfer ließ seinen Tatendrang nicht erlahmen, um wenigstens theoretisch von den Möglichkeiten der Phytosanierung
bzw. den Hyperakkumulatoren eine genauere Vorstellung zu
bekommen. Zwar bin ich weit davon entfernt, waren Willys
Gedanken, wie Alexander Braun, erfolgreich als jugendlicher
Nobody, mit den größten Botanikern seiner Zeit korrespondie-
ren zu können, dennoch kenne ich mich in der Zwischenzeit
mit Hyperakkumulatoren besser aus als mit Pflanzen überhaupt. Aber was ich fieberhaft wissen möchte, weiß ich nach
wie vor nicht, nämlich welche dieser Pflanzen sind geeignet,
dort zu wachsen, wo sie am besten jetzt bereits wachsen sollten,
im Südschwarzwald.

Und jetzt?

Willys Mutter war nicht entgangen, mit welchem Eifer ihr
Sohn neuerdings den Briefkasten observierte und gelegentlich
mit etwas hängenden Schultern zurückkehrte. Willy hatte sich
zum Mittagessen an den Tisch gesetzt und fand neben seinem
Teller Post aus Bochum, vom Institut für Pflanzenphysiologie.
Aufgeregt öffnete er das Schreiben mit dem offiziellen Brief-
kopf von Frau Professor Ute Krämer. Das Schreiben enthielt
eine Vortragsankündigung von Frau Krämer an der Albert-

Ludwigs-Universität in Freiburg im Institut für Molekulare Pflanzenphysiologie. Frau Krämer teilte ihm in einer kurzen handschriftlichen Mitteilung mit, dass sie sich freuen würde, wenn er an ihrem Vortrag zum Thema Hyperakkumulatoren im Freiburger Institut teilnehmen könnte. Im Anschluss an den Vortrag sei ein kleiner Empfang geplant, dort bestünde auch die Gelegenheit zu einem Gedankenaustausch. Ein Freudenschrei erfüllte die Wohnung. Sein Großvater müsste vielleicht doch noch seine Meinung korrigieren, sollte das, was seit Jahrhunderten vor seiner Haustüre als Bedrohung lag, möglicherweise auf sanfte Weise abgetragen werden können. Und Willys Zweifel, an dieser Entwicklung teilhaben zu können, waren geschmolzen wie Eis in der Frühjahrssonne. Vor seinem inneren Auge erschien eine Wiese mit blühenden Hyperakkumulatoren.

In Pole-Position

In dem Hörsaal, in dem vielleicht siebzig Teilnehmer Platz genommen hatten, war Willy sicherlich der jüngste, aber bestimmt nicht der am wenigsten erwartungsvolle. Durch die offene Tür war geschäftiges Hin- und Her zu hören, von außen kam spätmittägliches Licht in den Raum, ein Beamer war bereits positioniert. Die junge Frau, die in Begleitung eines grauhaarigen, förmlich wirkenden Mannes den Saal betrat, war der Frau in seinem Nachttraum nicht unähnlich. Von ihr ging eine herzliche Ausstrahlung aus, die Willy, verstärkt durch ihr Äußeres und ihr Auftreten, sogleich für sich einnahm.

Zur Begrüßung setzte dezentes Klopfen ein, die Einführung der eingeladenen Rednerin durch den Institutsleiter und ihre Vorstellung war kurz und episodisch. Es war spürbar, dass sie in diesem Auditorium nicht das erste Mal aktuelle Forschungsergebnisse vorstellte. Willy bemühte sich, den Ausführungen zu folgen, mit mäßigem Erfolg. Hellwach wurde er beim Schlussteil des Vortrags, als Frau Krämer auf Freilandexperimente einging. Das Thema, das ihn schließlich besonders interessierte. Nach einer abschließenden Fragerunde und großem Beifall des Auditoriums für die Rednerin schaute Frau Krämer in seine Richtung und sagte zu ihm gewandt, vermutlich sei er der junge Pflanzenforscher in spe, Willy Fleckenstein, er sei eingeladen, in dem Empfangsraum fände noch eine Nachsitzung statt.

In dem benachbarten Empfangsraum standen mehrere Grüppchen zwanglos beieinander. Noch ging es um wissenschaftliche Details, sicherlich nicht der richtige Moment, um selbst bei der gefragten Wissenschaftlerin mit eigenen Fragen loszulegen. Doch schließlich packte Willy eine Gelegenheit beim Schopf. Ja, er sei Willy Fleckenstein.

»Es bedeutet mit sehr viel, von Ihnen mehr zu erfahren: Kann es gelingen, Schwermetalle aus Böden zu entfernen? Sie geben mir hier eine Gelegenheit auf eine Antwort, dafür möchte ich mich bedanken,« begann Willy.

»Junger Mann, schon aus ihrer Anfrage war für mich erkennbar, wie sehr Ihnen dieses Thema am Herzen liegt. Und ohne ein solches wären Sie auch nicht hier. *Und ohne dieses brennende Forschungsinteresse wären wir nicht 40 000 km durch Europa gefahren, um Pflanzen, Samen und Bodenproben zu sammeln und die Vielfalt dieser sogenannten Hyperakkumulatoren kennenzulernen. Rund 3000 Arten und Unterarten wachsen heute in unseren Gewächshäusern.* Es ist Grundlagenforschung mit sehr viel Bezug zu einer Anwendung, die Ihnen auf den Nägeln brennt.«

An dieser Stelle wurden sie unterbrochen, da der Institutsleiter sich von Frau Krämer verabschieden wollte. Bei dieser Gelegenheit stellte sich als glücklicher Umstand heraus, dass

Frau Krämer, wie auch Willy, in Kürze zum Hauptbahnhof wollten. Frau Krämer begrüßte Willys Vorschlag, den Weg gemeinsam zu Fuß zurückzulegen. »*Es ist nicht der Boden*«, setzte sie ihren begonnenen Gedankengang unterwegs in Richtung Bahnhof fort, »*es ist die Pflanze, die bestimmt, wieviel Schwermetall sie aufnimmt. Aufgabe ist nun, genetische Unterschiede zu identifizieren, die für diese Eigenschaften verantwortlich sind. Mit besonders leistungsfähigen Pflanzen kann man später in die Anwendung gehen, um verseuchte Böden zu reinigen.*« An dieser Stelle kam Willy nicht umhin, zu fragen, ob sich unter den bereits erforschten Pflanzen auch geeignete für die fraglichen Böden im Südschwarzwald befänden. Mit großem Verständnis für Willys diesbezüglichen Wissensdrang griff sie seine Frage auf: »*Wenn wir diese Gene alle gefunden haben, dann sind wir in der Lage, durch züchterische Methoden mehr Blätter einer geeigneten Pflanze in kürzerer Zeit zu produzieren und dann kann man auch mehr Metall gewinnen. Und umso größer ist die Abbaurate der Pflanze. Verseuchte Flächen werden so wieder nutzbar, und dabei lassen sich kostbare Metalle zurückgewinnen. Es wird ein großes Interesse an diesen Pflanzen geben. Die Weltmarktpreise für metallische Rohstoffe steigen. Für Gelände, wie stillgelegte Minen, wird sich die Methode dann lohnen.*«

Sie standen bereits vor dem Bahnhofsgebäude, und bei der Verabschiedung war Willy erleichtert zu wissen, dass die belasteten Böden nur ein Katzensprung, in Pole-Position sozusagen, von ihrem derzeitigen Standort entfernt waren, sich quasi im wissenschaftlichen Blickpunkt befinden. Beim Auseinandergehen rief ihm Frau Krämer noch zu, er solle dranbleiben, mit seinem Tatendrang nicht nachlassen und vor allem: »Die Zeit, Schwermetalle aus Böden mit Hilfe von metallfressenden Pflanzen zu entfernen, hat gerade begonnen.«

Neuer Ausblick

Das Quartett hatte sich noch nie zuvor oben auf der Kanzel des Aussichtsturms getroffen. Heute erfüllte sie für ihr gemeinsames Treffen am besten ihren Zweck, nämlich den Blick auf die Dächer der Stadt und auf die umliegenden Felder und Wiesen. Nun saßen sie zu viert vereint oben in der etwas luftigen Höhe, die Abendsonne war noch sichtbar mit einem Licht, das noch Teile der Stadt und der Landschaft mit einem milden Glanz versah. Trotz der inzwischen angewachsenen Erfahrung mit der Rathausverwaltung fühlte sich das Quartett nicht wie Routiniers. In ihrer Diskussion ging es heute einmal mehr um eine Reaktion von ihnen. In der Sitzung des Klimatisches, der vor kurzem erstmalig zusammengekommen war, wurde für das Quartett ersichtlich, dass es der Stadtverwaltung nicht bevorzugt darum ging, ökologische Gesichtspunkte, wann immer möglich umzusetzen, oder zumindest ins Auge zu fassen. Konkret stand eine neue Bedachung für das Rathaus und die Tiefgarage auf der Tagesordnung, eine beträchtliche Dachfläche, die erneuert werden musste. Vorgesehen war, wie in der Sitzung eher beiläufig zum Vorschein kam, eine herkömmliche Eindeckung mit Ziegeln. Altbewährt, doch für die Umwelt eine verpasste Chance. Das Quartett war sich einig, dass es genialere Ideen gibt: Es muss nicht wie in verschiedenen Metropolen, z. B. in Berlin oder Paris, eine Farm für Obst und Gemüse auf ungenutzten Dachflächen entstehen. Bereits verschiedenartige Gräser können viel bewirken. Ein Pflanzenteppich auf dem Dach mit Wildkräutern hat mindestens den einen positiven Effekt, dass Regenwasser zurückgehalten wird und durch Verdunstung die Luft abkühlt und das Gebäude samt Umgebung weniger Wärme absorbiert. Sehr eindringlich hatten sie diese Fähigkeit nachempfinden können, als sie die Ziegel eines Hausdaches anfassten und zum Vergleich die

Blätter eines benachbarten Baumes. Daniel brachte es auf den Punkt: »Ich merke den kühlenden Effekt von Pflanzen, es sind mehrere Grad im Sommer, zwischen dem Fußballplatz und zu Hause bei mir in der Straße. «

Alle waren überzeugt, neben der Wirkung einer biologischen Klimaanlage gebe es weitere Vorteile, wenn Dachflächen begrünt würden. Der Aussichtsturm war umgeben von Ackerflächen, sie sahen auf wohlgeordnete Nutzpflanzenplantagen, alles wuchs in Reih und Glied, doch so weit das Auge reichte, ohne Baumreihen und Wegraine, lose Steinmauern, oder breite Hecken, nichts davon war zu sehen, sie waren längst verdrängt, einer intensiven Landwirtschaft geopfert, um effektiv Tierfutter und Nahrungsmittel zu erzeugen.

Marko: »Seht ihr, wo es hier Lebensräume für kleine oder große Tiere geben könnte?«, fragte Marko in die Runde. »Was ich sehe sind Produktionsflächen für Pflanzen, angereichert mit chemischen Düngemitteln und Pestiziden, wo sollen hier Wildbienen, Schmetterlinge Nischen finden? Wo gibt es Wildnis, ungestörte Lebensräume, Versteckmöglichkeiten und Plätze für die Tiere, um Jungtiere aufzuziehen?«

Willy: »Umso mehr wären begrünte Stadtdächer und Hauswände, aber auch öffentliche Grünflächen, die nicht gemäht werden wie Golfplätze, zumindest ein Überlebensraum für Bienen, Insekten und Vögel.«

Marko: »Ihr werdet sehen, wenn der Rückgang an typischen Vogelarten oder der massive Verlust an Ackerwildkräutern in solchen Agrarflächen nicht aufgehalten wird, verschwinden sie aus ihren angestammten Gebieten, dafür spazieren nicht nur Füchse durch die Stadtgärten, sondern wir werden vom Kuckucksruf geweckt.«

Jule: »Ich versuche gerade rauszukriegen, welches Gefühl bei mir überwiegt, wenn ich mir den Kuckuck in der Stadt vorstelle. Ich schwanke zwischen Reiz und Grausen. Nein, es wäre nicht reizvoll, morgens mit einem Weckruf geweckt zu werden, der daran erinnert, dass sich das Ökorad eine Stufe weiter in die falsche Richtung gedreht hat.«

Willy: »Aber was schlagen wir dem Klimatisch vor, um zu erreichen, dass der Kuckuck vom Frühling bis Sommer wie seit Urzeiten im Wald zu hören ist und sonst nirgendwo?«

Marko: »Zum Kuckuck, da gibt es, vom WWF angeregt, bereits Programme und Projekte, die nennen sich wohl «Landwirtschaft für Artenvielfalt«, aber wie wir sehen, nicht bei uns. Wenn Landwirte ökologisch wirtschaften, werden sie dafür entlohnt. Dafür müssen sie im Agrarland Felder brach liegen lassen, damit es wieder Blühflächen, Hecken und Ackersäume zwischen den Feldern gibt und die biologische Vielfalt von Schmetterlingen, Feldlerchen, Fledermäusen und Feldhasen, Klee und Klatschmohn zurückkommt, bevor es zu spät ist. Solche Forderungen von Umweltverbänden und Projekte wären zu unserem Vorteil, wenn sie nur umgesetzt würden, doch Vorteil beschreibt nicht die Dimension, um die es in Wirklichkeit geht, wenn bestehende Verbindungen in der Natur funktionieren, wenn alles zusammenarbeitet.«

Ökosysteme, wie Ozeane, Moore, Wälder, Böden, Grasflächen, versetzen die Erde – ein aktiver Organismus, wie James Lovelock, der Schöpfer der Gaia-Hypothese, befindet, in die Lage, die Umwelt im planetaren Maßstab zu regulieren und zu stabilisieren.« Solche Ökodenker, und nicht zuletzt ihre eigene Wahrnehmung, hatten ihnen immer wieder die Augen geöffnet. Der Aussichtsturm stand genau richtig, er bot den freien Blick aus luftiger Höhe auf die Felder, wie ein Verbindungselement zwischen Himmel und Erde. Nach und nach hatte sich ihr Blickpunkt auf die Bedrohung verschoben: vom Kohlendioxid der Atmosphäre zur bedrohten Biosphäre. Bei ihnen war zusehends die Erkenntnis gereift, dass Beziehungen, wie die zwischen der Atmosphäre und der Erderwärmung, wie zwischen Erderwärmung und Biodiversität jeweils keine isolierten Ereignisse darstellen, sondern dass sie ineinandergreifen, und dass es für das Leben auf der Erde entscheidend auf ein intaktes Ökosystem ankam. Ökosysteme können nur überleben, wenn Beziehungen zwischen einzelnen Teilen der belebten Natur überlebensfähig sind. Selbst wenn das Problem Erderwärmung gelöst wäre, bestünde das grundsätzliche Problem einer Vereinnahmung der Natur durch den Menschen weiterhin, und als Folge: das Massenaussterben von Pflanzen und von Tieren.

Als die Vier die Wendeltreppe des Aussichtsturms hinunterstiegen, sahen sie die umliegenden Häuser immer wieder aus einer anderen Perspektive. Das Schwimmbad, der nahe Wald, Orte, die ihnen in einer zuvor ungeahnten Weise nahegekommen waren, konnten sie in Sichtweite erahnen. Anfangs gingen sie Stufe um Stufe, um sich an das Halbdunkel zu gewöhnen. Bewegungsdrang und Lebensfreude ließen sie die restlichen Treppenstufen hinunterstürzen, übermütig und ungezwungen dem eigenen Empfinden und Antrieb nachgebend. Unten angekommen waren sie außer Atem. Sie stimmten überein, sie würden alles daransetzen, um nicht in einen Zustand zu verfallen oder dort zu verharren, den sie selbst als schlafwandlerischen Zustand beschrieben. Dabei dachten sie nicht an einzelne Menschen, die nicht wach sind, die sich scheinbar so verhalten, als ob sie wach wären, vielmehr an eine Bewusstseinstrübung, eine Art Blindheit gegenüber der Wirklichkeit einer ganzen Gesellschaft. Was würde die Menschen aufwecken? In diesem Zustand zu verharren, konnte nur in einer Sackgasse enden.

Die Aktion mit den Wasserballspielern war nun genau ein Jahr her. Helmut Meissener hatte sie ins Gasthaus Stilles Lämmchen zu einem «Arbeitsessen», wie in seiner Mail zu lesen war, eingeladen. Ihre Verbindung hatte Früchte getragen, darauf wollten sie anstoßen, vor allem, nachdem ihnen gelungen war, dass aus einer anfänglichen Sabotageaktion mehr und mehr ein freundschaftliches Miteinander geworden war. Die ersten Schritte in die Welt des Klimawandels lagen hinter ihnen und nun blickten sie in eine Zeit, in der alles möglich schien, die davon abhing, was in der Gegenwart geschieht.

Anmerkungen

S. 62: Stephan Rahmstorf: »*Was bedeutet ein halbes Grad für das große Ganze?*« Potsdam-Institut für Klimafolgenforschung (PIK) In: Energieimpulse, vier 2018, S. 4. In einem Interview mit Jürgen Pöschk

S. 68: Yannick Ramsel*: »Missliche Lage.*« DIE ZEIT, 30. August 2008. S 3.Der Artikel von Yannick Ramsel beschreibt die Gefahr des Klimawandels für Langeoog, enthalten sind die Zitate des Rangers Jochen Runar

S. 105: Harald Welzer: »*Lieber Klimawandel als Ökodiktatur,*« Tagesspiegel vom 20. Januar 2019, S. 3. Interview (Michael Schmidt mit Harald Welzer): »*Wir leben in der historisch besten, nämlich sichersten, komfortabelsten und gesündesten Gesellschaft, die es je gegeben hat. Diese wunderbaren Lebensverhältnisse basieren auf einem wachstumswirtschaftlichen Prinzip. Und es gibt keine Idee für ein Wirtschaftssystem, das dieses Ausmaß an Lebenssicherheit gewährleistet und zugleich umweltschonend ist. Wir kennen nur das eine oder das andere: Entweder das Leben ist sehr schlecht, wie in armen Gesellschaften, da leben die Menschen in dem Sinne nachhaltig, dass sie keinen hohen Naturverbrauch haben. Oder die Lebensverhältnisse sind prima, wie in den reichen Gesellschaften, da aber ist der individuelle und kollektiv hochgerechnete Umweltverbrauch gigantisch hoch.*« Teile des Interviews wurden sinngemäß verwandt.

S. 127: Edward O.Wilson, Harvard University, Cambridge, Massachusetts, und Antje Boetius, Alfred-Wegner-Institut, Bremerhaven: »*Menschen kümmert euch darum!*«, DIE ZEIT vom 10.1. 2019, S. 33. In einem Interview mit Fritz Haberkuß.

S. 139: Die biographischen Angaben über den Botaniker Alexander Braun sind entnommen: »*Braun, Alexander*« von Ernst Wunschmann in: *Allgemeine Deutsche Biographie*, herausgegeben von der Historischen Kommission bei der Bayerischen Akademie der Wissenschaften, Band 47 (1903), S. 186–193, Digitale Volltext-Ausgabe in <u>Wikisource</u>, URL: <u>https://de.wikisource.org/w/index.php?title=ADB:Braun,</u> <u>Alexander&oldid=-</u> (Version vom 7. August 2020, 18:30 Uhr UTC)

S. 147: Die Darstellung zu der Aufnahme von Schwermetallen aus dem Boden beruhen auf Aussagen der Pflanzenphysiologin Ute Krämer:

»*Wir sind 40 000 km durch Europa gefahren, um Pflanzen, Samen und Bodenproben zu sammeln, und die Vielfalt dieser sogenannten Hyperakkumulatoren kennenzulernen. Rund 3000 Arten und Unterarten wachsen heute in unseren Gewächshäusern.*«

»*Es ist nicht der Boden, es ist die Pflanze, die bestimmt, wieviel Schwermetall sie aufnimmt. Aufgabe ist nun, genetische Unterschiede zu identifizieren, die für diese Eigenschaften verantwortlich sind. Mit besonders leistungsfähigen Pflanzen kann man später in die Anwendung gehen, um verseuchte Böden zu reinigen.*«

»*Wenn wir diese Gene alle gefunden haben, dann sind wir in der Lage, durch züchterische Methoden mehr Blätter einer geeigneten Pflanze in kürzerer Zeit zu produzieren und dann kann man auch mehr Metall gewinnen. Und umso größer ist die Abbaurate der Pflanze. Verseuchte Flächen werden so wieder nutzbar, und dabei lassen sich kostbare Metalle zurückgewinnen. Es wird ein großes Interesse an diesen Pflanzen geben. Die Weltmarktpreise für metallische Rohstoffe steigen. Für Gelände, wie stillgelegte Minen, wird sich die Methode dann lohnen.*«

Quellen für diese Aussagen:

Redaktion Pflanzenforschung.de im Internetportal Pflanzenforschung.de BMBF *Biostaubsauger für Bodengifte. Phytomining mit Arabidopsis halleri.* 03.11.2016

Uhrig, Klaus und Krause, Till: *Phytomining Metall-Ernte mit Superpflanzen.* Stand: 02.03.2017 [https://www.br.de/radio/bayern2/sendungen/iq-wissenschaft-und-forschung/]

Till Krause und Klaus Uhrig, Film im Programm ARD-alpha«vom 21. 7. 2020.: »*Superplants – Die blühende Revolution*« –

Vielfältige Anregungen gehen auf Bücher und Weblinks zurück, folgende möchte ich hervorheben:

Was zu tun ist – Eine Agenda für das 21. Jahrhundert. Thomas L Friedmann. Suhrkamp 2010

Grüne Lügen – Nichts für die Umwelt, alles fürs Geschäft – wie Politik und Wirtschaft die Welt zugrunde richten. Friedrich Schmidt-Bleek. Ludwig 2014

Selbstverbrennung – Die fatale Dreiecksbeziehung zwischen Klima, Mensch und Kohlenstoff. Hans Joachim Schellnhuber. Bertelsmann Verlag, München, 2. Auflage 2015

Das 6. Sterben – Wie der Mensch Naturgeschichte schreibt. Elizabeth Kolbert. Suhrkamp, 2. Auflage 2017

Klima – Eine neue Perspektive. Charles Eisenstein. Europa Verlag 2019

Novozän – Das kommende Zeitalter der Hyperintelligenz. James Lovelock. C.H. Beck 2020

Weblinks

www.mehr-demokratie.de

www.klimafakten.de

www.klimareporter.de

www.welt-sichten.org

www.agora-energiewende.de

Dank

Am Anfang war der Gedanke, über die Erderwärmung und die bedrohte Biosphäre zu schreiben und damit das Feuer, das die Jugend-Klimabewegung entfacht hat, weiterzutragen. Unterstützung erfuhr ich durch verschiedene Impulse aus dem Freundes- und Familienkreis: Rainer Ade, Uwe Hilke, Manfred Jestädt, Christine Merz, Carola Rombach, Fabian Schäfer, Dorothee Schuntermann, Rosemarie Weyhmann, Barbara Wörwag. Es entstand eine Erzählung, in ihr sollte die Welt und der Einfallsreichtum junger Akteure eine Rolle spielen. Meine Frau Mirjam begleitete mich schon bei ersten Entwürfen, zusammen mit ihr entstand das Buch. Ihr, wie auch unserem Sohn Fabian, der den Umschlag gestaltete, widme ich dieses Buch.